LA MAISON AUX 52 PORTES

L'auteur

Évelyne Brisou-Pellen a fait des études de lettres modernes.
À ce jour, elle a écrit une centaine de textes pour la jeunesse dont
une cinquantaine de romans. Si elle puise parfois son inspiration
dans sa région natale, la Bretagne, elle aime également situer
l'action de ses romans dans des temps reculés ou dans des pays
éloignés ; dans des mondes réalistes, ou bien fantastiques…

Du même auteur, chez Pocket Jeunesse :

Himalaya
Deux ombres sur le pont

Évelyne BRISOU-PELLEN

La maison
aux 52 portes

POCKET
jeunesse

Loi n° 49-956 du 16 juillet 1949 sur les publications
destinées à la jeunesse : mars 2000.

© 2000, éditions Pocket Jeunesse, département d'Univers Poche.

ISBN 2-266-09958-2

CHAPITRE PREMIER

Il y eut comme un éclair. Je tenais à la main la photo que ma mère, assise à l'avant de la voiture, venait de me faire passer. Je ne sais même pas si j'avais eu le temps de la regarder. Ma vue se troubla, j'eus l'impression de tomber dans un grand trou, et je fus agressée par une lumière si étincelante que je fermai convulsivement les yeux.

Les parents ne se rendirent apparemment compte de rien. Mes oreilles cessèrent peu à peu de bourdonner et je rouvris les yeux avec une certaine appréhension. Tout semblait normal. Je devinais, au bruit du moteur, que mon père était en train d'accélérer. Il se déporta sur la gauche pour doubler une petite voiture bleue écrasée sous un énorme amoncellement de sacs et de valises que le déplacement d'air faisait dangereusement vaciller.

— Incroyable ! s'exclama mon père. Il y a vraiment des inconscients ! Ce serait un miracle qu'il ne perde rien en route, celui-là. Je préfère me dépêcher de le dépasser avant de recevoir un paquet dans le pare-brise.

Sur le siège arrière de la voiture bleue, il y avait un enfant tout blond, les cheveux coupés très court, rouge de colère, et qui hurlait visiblement — bien qu'évidemment je ne puisse pas entendre sa voix. Une tête que je n'avais pas vue émergea auprès de lui, une main le saisit par les cheveux, et la bouche de l'enfant resta ouverte en une violente protestation. Un garçon un peu plus âgé se redressa à son tour et poussa les deux autres avec colère. La mère — une rousse ronde comme un Chamallow — se retourna alors et distribua des claques au hasard.

C'est tout ce que je vis. Nous laissâmes rapidement la voiture loin derrière. Pour la première fois, je mesurai — en même temps que la place vacante sur la banquette à côté de moi — ma solitude. Ce n'est pas que je regrettais les bagarres, mais… Mais peut-être que si, finalement. Il y a des jours où j'aurais eu du plaisir à tirer par les cheveux un petit frère hurleur, des jours aussi où j'aurais eu envie de consoler une petite sœur angoissée par un cauchemar. Bon. La vie était ce qu'elle était. Après moi, mes parents avaient eu par deux fois des bébés, des garçons, et ils étaient morts quelques heures après la naissance sans qu'on sache pourquoi. À la suite de ça, un lourd silence était tombé sur la famille, et plus jamais mes parents n'avaient émis le souhait d'avoir un autre enfant.

Donc j'étais seule, et je le resterais.

Je baissai de nouveau les yeux sur la photo que maman m'avait donnée. Cela faisait des jours qu'elle la cherchait, et elle venait juste de la retrouver tout bêtement dans son sac. Il n'y eut pas d'éblouissement cette fois. Rien. La photo représentait une propriété, avec de très grands arbres au premier plan. Au fond, on apercevait une maison où je comptai seize fenêtres en façade. D'après les papiers du notaire, la maison datait de la fin du siècle dernier et comportait une vingtaine de pièces principales, plus des greniers, des caves et des dépendances. Cette maison de famille, papa n'y était venu qu'une fois dans son enfance, et il en gardait le souvenir d'un labyrinthe inquiétant. Elle avait été transmise par héritage à un grand-oncle, qui venait à son tour de la lui léguer. Je ne comprenais pas pourquoi, mais au lieu de réjouir mon père, cela semblait le tracasser.

Je remarquai soudain que, sur la photo, on distinguait une ombre derrière une des fenêtres de l'étage. Je me penchai pour mieux voir. Hélas !

impossible de discerner les détails, car la voiture était maintenant secouée de soubresauts insupportables. Un peu surprise qu'une autoroute fût en si mauvais état, je levai la tête.

Nous n'étions plus sur l'autoroute. Devant moi deux personnes étaient installées sur une banquette en cuir, à dos de bois. L'homme, qui conduisait, portait une veste noire et un chapeau melon, la femme à côté de lui un grand chapeau de paille, piqué sur le pourtour de fleurs entrelacées. Ce n'étaient pas mes parents. Suffoquée, je serrai convulsivement mes genoux entre mes mains. C'est alors que je m'aperçus que je portais moi aussi une robe étrange, longue, d'un rose fané, et ornée en bas d'une bande de dentelle blanche.

De longs doigts saisirent la photo que je tenais toujours entre mes poings crispés et je sursautai de frayeur.

— Alors, dit maman, tu étais dans la lune ?

L'autoroute défilait de chaque côté. Maman portait son pull rouge, papa sifflotait entre ses dents de la manière qui m'agaçait le plus. J'avalai péniblement ma salive.

J'ignore combien de temps passa. J'essayais de ne penser à rien. Je ne pris conscience d'être encore en vie qu'au moment où la grille grinça.

— Elle est drôlement rouillée, remarqua ma mère.

Et je crus percevoir dans ces paroles anodines une sourde anxiété.

La maison était gaie, propre, les volets blancs fraîchement repeints, des géraniums rouges dans les bacs. La porte était entrouverte et on entendait les notes d'un piano.

— C'est lugubre, commenta maman.

Je la considérai avec étonnement : elle paraissait sincère. J'ouvris la bouche pour protester…

Les mots s'arrêtèrent sur mes lèvres. Mes yeux étaient revenus vers la façade et je ne pouvais que constater la stupéfiante réalité : le crépi partait en lambeaux, les volets étaient rouillés, des feuilles pourries s'agglutinaient contre la porte d'entrée. Ni géraniums ni piano.

— Le toit paraît en bon état, observa mon père avec une bonne humeur forcée. Les toits, c'est ce qu'il y a de plus important. S'il fallait refaire une toiture de cette surface, ça coûterait…

Il ne dit pas combien.

Son optimisme ne paraissait pas contagieux. Ma mère continuait de détailler la maison d'un œil critique, sans pourtant faire d'autres observations.

Quant à moi, j'aurais bien été incapable de dire un mot. L'angoisse m'étreignait le cœur.

Mon père sortit de la sacoche qu'il portait à l'épaule un trousseau de clés impressionnant et, tout en commentant ses gestes pour ne pas laisser le silence s'installer, il trouva la bonne clé, la glissa dans la serrure. La porte s'ouvrit.

CHAPITRE II

L'odeur de renfermé et de moisi me suffoqua.

— Mazette... souffla ma mère en ouvrant des yeux stupéfaits.

Elle ne put rien dire de plus.

La poussière recouvrait tout : le plancher, les suspensions, les meubles. Dans l'immense salon qui s'ouvrait à droite, c'était la même chose, pire peut-être, parce que les meubles semblaient boiteux, vermoulus, cassés. Seul, au centre de la pièce, le piano brillait de tous ses feux, un grand piano à queue, d'un noir d'ébène.

— Mince alors, reprit ma mère, le grand-oncle Albert ne devait pas consacrer beaucoup de temps au ménage.

— Je crois, précisa mon père, qu'il vivait surtout au sous-sol, dans la cuisine. C'est ce que m'a dit Jean Claude.

Je n'avais jamais vu Jean-Claude, je savais seulement que c'était un des fils du grand-oncle Albert.

— Je me demande, remarqua alors maman, pourquoi ce n'est pas lui qui a hérité. Ou bien un de ses frères. Tu peux m'expliquer ça ? Pourquoi est-ce que ton grand-oncle Albert voulait absolument que cette maison te revienne, à toi ?

— Mystère… Albert était le frère de mon grand-père Louis. Ils ont tous deux grandi ici, c'est donc aussi un peu ma maison.

— Si ça se trouve, hasarda maman, c'est à la suite d'une affaire louche qu'il a hérité de cette maison, et il a voulu se laver de ses fautes en te la restituant avant de mourir.

— Je ne sais pas. Je n'ai jamais entendu parler de rien. En tout cas, à la lecture du testament d'Albert, aucun de ses fils n'a protesté.

— Ça ne m'étonne pas, soupira maman, ils ne sont pas fous. Remettre ce capharnaüm en état…

Elle n'avait pas tort, maman, d'autant que l'oncle Albert avait posé une condition en léguant sa propriété, et une condition de taille : qu'elle devienne notre résidence principale. Cette clause ne devait guère arranger ses fils, qui possédaient déjà chacun leur maison et, de plus, vivaient au bord de la mer. Quand on a longtemps respiré l'air du grand large, on a sans doute du mal à s'enfoncer dans la campagne profonde.

— Il faut comprendre l'oncle Albert, argumenta papa. Ça lui faisait mal au cœur de savoir cette maison abandonnée.

— Tu parles, ricana ma mère, pour ce qu'il y a fait, lui ! Elle ne te paraît pas déjà à l'abandon, cette maison ?

— Il y vivait, quand même !

Maman haussa les épaules.

— Quelle pagaille !

Elle n'était pas d'un naturel tatillon, pas une maniaque du chiffon, mais là, il y avait effectivement de quoi se décourager. Elle fit quelques pas vers le fond de la pièce.

— Heureusement que l'oncle jouait du piano, ajouta-t-elle. Voilà au moins un meuble entretenu.

Les mains sur les hanches, mon père observait le piano par-dessus ses lunettes. Il demeura un moment silencieux, avant de déclarer d'une voix un peu sourde :

— Oncle Albert ne jouait pas de piano.

— La preuve que si ! s'exclama maman.

Papa ne répondit pas. Je lui jetai un coup d'œil inquisiteur et lui trouvai l'air bizarre, troublé.

— Écoute, dit maman, on ferait peut-être mieux d'aller vivre un moment à l'hôtel. On reviendra ici quand on aura fait les réparations.

Alors, sans l'avoir voulu, j'éclatai en sanglots. Je ne savais même pas pourquoi. J'étais sûre qu'il fallait rester. Et en même temps, j'avais très peur de rester.

— Tu vois, dit maman d'un ton accusateur, même Maïlys est effrayée. Allons-nous-en.

Je bafouillai en ravalant mes sanglots :

— C'est… c'est à cause de la poussière, j'en ai avalé… Ça va passer.

— Pleurer comme ça pour un peu de poussière ? s'étonna maman en me passant le bras autour des épaules.

— Je ne pleure pas, c'est…

Je ne pus rien dire de plus. J'éternuai trois fois, puis je repris mon souffle.

— Je ne veux pas partir, déclarai-je enfin en m'essuyant les yeux.

Et j'ignorai complètement pourquoi j'émettais une énormité pareille.

Ma mère me considéra d'une drôle de façon, comme si elle ne me reconnaissait plus. Je ne sais pas si je me reconnaissais moi-même.

Ce qui se passa ensuite, je l'ignore, mais voilà que je me sentis agrippée par les poignets.

Ma mère me secouait brutalement, comme pour me faire revenir à moi. Elle criait :

— Qu'est-ce que tu ne veux pas ? Qu'est-ce que tu ne veux pas ?

Je ne compris pas le sens de sa question, je me sentais la gorge nouée. Enfin je bredouillai :

— Je ne veux pas écrire.

Pas écrire ? Mais qu'est-ce que j'étais en train de dire ? Les mots étaient venus tout seuls sur mes lèvres. Mes parents me fixèrent avec une expression de stupeur avant d'échanger un regard.

— Elle délire, lâcha enfin maman.

Je m'essuyai le visage. Il était inondé de larmes, et je lus dans les yeux de mes parents une interrogation inquiète.

— Ça va mieux ?

Je fis signe que oui.

— Ah bon ! soupira papa. Eh bien dis donc, tu nous as fait une de ces frayeurs… ! D'abord, tu hurles de manière hystérique que tu ne veux pas, sans qu'on sache quoi, et puis, quand on te le demande, tu réponds que tu ne veux pas écrire. Pas écrire ! Tu peux nous expliquer ?

Expliquer ?

— Maïlys, tu as des soucis ? s'inquiéta ma mère. Des soucis que tu nous caches, des soucis qui te rongent ?

Son visage était bouleversé. J'essayais de rire, sans y parvenir le moins du monde, car je venais soudain d'avoir conscience que tout était très grave et, en même temps, que je serais incapable de l'exprimer. En un instant, je sus que je n'étais pas dans cette maison par hasard. Une force inconnue m'y avait amenée, une force inconnue voulait que j'y reste.

Je contemplai le piano luisant et je réussis à dire :

— J'attends vos félicitations : c'est le rôle que je devais jouer à la fête du collège. Ce n'était pas trop mal, à ce que je vois.

Mes parents parurent éberlués. Ils mirent un moment avant de se détendre un peu, et papa s'écria :

— Purée, tu nous as bien eus ! On s'est laissé mener en bateau… C'est incroyable !

— Tout de même, commenta maman, ne recommence pas un coup pareil.

Elle fit le geste de presser ostensiblement la main sur son cœur, comme si elle en avait encore des palpitations.

Autrefois, maman n'était pas si fragile ; ça datait seulement de la mort des bébés. Je crois qu'elle avait maintenant l'impression qu'un rien pouvait la tuer. Rien, comme pour les bébés. C'est aussi pour ça qu'elle avait toujours peur de me perdre, peur qu'un simple souffle de vent puisse m'emporter.

Pourquoi pensais-je au souffle du vent ? Instinctivement, je regardai dehors. Le ciel s'était assombri, les grands arbres du parc commençaient à danser. La poussière se mit soudain à voler dans la pièce et mes parents se précipitèrent pour refermer les fenêtres.

— Allons bon. La tempête, maintenant !

Elle avait attendu que nous soyons entrés ici, et puis elle avait soulevé les branches basses des grands arbres, elle avait gonflé en catimini dans les herbes folles de la cour et s'était ruée contre les volets clos. Elle ne nous quitterait plus.

Mon père n'eut pas le temps d'atteindre la porte d'entrée… qui claqua. Un coup sec, comme une détonation.

— Ben dis donc ! s'exclama maman, heureusement que nous sommes à l'abri !

— Voilà ! Le sort a décidé pour nous, ajouta papa. Nous n'irons pas coucher à l'hôtel. Tu vois, il suffit d'une petite tempête dehors pour que nous reconnaissions que cette maison est la nôtre, et qu'il est bien agréable d'y avoir trouvé refuge.

Je regardai avec crainte autour de moi. Près de la porte qui s'ouvrait à l'autre bout de la pièce, un gros cordon terminé par un gland de velours vert oscillait lentement.

À l'abri ? Je me rendis compte alors qu'il y avait mille façons différentes d'appréhender un même événement. Pour moi, je savais au fond de mon cœur que nous étions pris au piège.

CHAPITRE III

J'avais observé un long moment l'épais cordon vert qui pendait du plafond. Jusqu'à ce qu'il s'immobilise tout seul. Des images étonnantes se formaient dans ma tête, comme si j'allais voir apparaître, à la porte à double battant qui perçait le mur d'en face, un serviteur en gants blancs, ou bien une cuisinière affublée d'un tablier à carreaux. J'avais dû lire ce genre de détail dans un roman, car ce cordon, je pensais savoir parfaitement à quoi il servait.

Mon père avait probablement remarqué mon regard, car il confirma aussitôt :

— Si je me rappelle bien, ceci est destiné à appeler les domestiques. Enfin… *était* destiné. Au temps où il y avait du personnel de maison. Parce qu'il y a bien longtemps que l'oncle Albert n'avait plus les moyens d'en employer.

Je m'étais approchée et, me saisissant du gland de velours, je tirai dessus un petit coup. Oh! pas très fort, juste pour voir s'il tenait encore.

On n'entendit aucune sonnette, seulement des bruits... des bruits de portes, qui se seraient ouvertes ou refermées dans la maison, sans qu'on puisse dire où. Une vague crainte me crispa les épaules. Je m'attendais à voir surgir d'une seconde à l'autre un personnage empoussiéré et, le souffle court, je surveillais la porte. Les bruits cessèrent. Personne ne parut. Je jetai alors un coup d'œil sur ma mère qui soulevait d'un doigt distrait le couvercle du piano. Mon père, quant à lui, avait entrepris de replier et de bloquer fermement les volets des quatre portes-fenêtres qui donnaient sur le salon. L'un comme l'autre, ils n'avaient visiblement rien entendu, rien remarqué.

Ma mère referma le piano sans rien dire, puis elle marcha lentement jusqu'au fond de la pièce et poussa la porte à deux battants.

— Là au moins, observa-t-elle, un bon coup d'aspirateur suffira.

Je jetai un coup d'œil par-dessus son épaule, pour m'apercevoir à mon tour que la pièce était entièrement vide.

— L'oncle Albert a dû vendre quelques meubles pour survivre, expliqua mon père. Il touchait juste une petite retraite de l'armée, sûrement insuffisante.

— En attendant, soupira maman, j'ai hâte que le camion de déménagement arrive avec nos affaires et de quoi faire un peu de ménage. Il devrait être là demain, non ?

— Demain matin. Remarque bien que, ces dernières années, oncle Albert vivait au sous-sol. Il est donc probable qu'en bas c'est en meilleur état.

— Ah oui ? lança ma mère en faisant une petite moue déçue. Vivre dans un sous-sol, figure-toi, ça ne me tente pas. En attendant, je vais chercher le balai dans la voiture, pour qu'au moins on puisse se ménager un petit coin vivable.

Elle se dirigea vers le hall. Ses pas s'éloignèrent, puis il y eut quelques coups sourds. Un moment passa avant qu'on ne l'entende s'écrier :

— Bon sang, la porte d'entrée s'est coincée !

— Passe par le salon ! lui lança papa.

Il ouvrit une des portes-fenêtres et reprit avec philosophie :

— Je réparerai. Les vieilles maisons, tu sais… Bon, eh bien je vais jeter un coup d'œil sur le reste de la maison. Tu viens, Maïlys ?

Il m'entraîna d'un pas guilleret vers l'escalier.

— Premier étage, premier arrêt! déclama papa en imitant la voix de son ordinateur. Vous avez sur votre droite un couloir. Sombre. Qui s'enfonce dans les entrailles de la maison. Brrrr. Avançons bravement, chers amis… De chaque côté du couloir, des portes. Au garde-à-vous. Ordre militaire. Elles donnent sur…

Elles donnaient sur des chambres, certaines complètement vides, d'autres meublées en style vieillot-poussiéreux-indéfinissable. Comme aucun interrupteur ne fonctionnait, nous allions un peu à l'aveuglette, en ouvrant au passage tous les volets que nous rencontrions.

Le couloir finissait sur un second escalier, petit, en colimaçon, éclairé par une fenêtre qui offrait une vue imprenable sur… un bois.

— Eh! s'exclama mon père en désignant les immenses arbres oscillant dans le vent, il y a même une forêt. (Il colla son front à la fenêtre pour mieux y voir.) Ah flûte! Les fils électriques sont arrachés. Je vois un sapin qui est tombé dessus. Même en admettant que les interrupteurs fonctionnent, on n'est pas près d'avoir l'électricité. Il va falloir demander à l'E.D.F. de venir… Heureusement qu'on est en juillet, et que les jours sont longs.

Le deuxième étage comportait des pièces assez grandes, mais vides. Il n'y avait pas de couloir central, on passait d'une pièce à l'autre directement, dans le désordre. Papa avait raison : un vrai labyrinthe !

— Ici, fit-il observer, il y a une sacrée grande pièce, un salon sans doute.

— Ce n'est pas possible : il y a déjà un salon en bas !

— Si, c'est possible. Autrefois, plusieurs générations habitaient dans la même maison, et chacune y avait son propre appartement... Enfin, chez les gens aisés.

Le troisième étage était à peine accessible, parce que l'escalier était encombré de boîtes et de piles de livres entassées. De toute façon, il n'y avait là-haut que des greniers en enfilade et quelques chambres de bonnes, minuscules, regorgeant de vieilleries, que mon père qualifia sans exagération de « foutoir ».

À la réflexion, le premier étage nous parut le plus logeable, ce qui nous décida à y installer nos chambres.

— Laquelle veux-tu ? demanda mon père en adoptant un ton gai, sans doute pour lutter contre la maussaderie ambiante.

Il avait pris sur lui d'accepter cet héritage, et il voulait de toutes ses forces que cela nous fasse plaisir, à maman ct à moi.

— Attends, je ne sais pas encore.

Je rouvris les portes pour jauger les chambres.

— C'est formidable! s'exclama encore papa. On a un choix invraisemblable, et on peut même se payer le luxe de changer d'avis!

Oui. Il fallait à tout prix que nous soyons heureux, que cette maison soit une aubaine. D'ailleurs, comment aurions-nous pu la refuser? Par un coup du sort, mes parents avaient perdu leur emploi la même semaine, et le propriétaire de notre appartement voulait le reprendre pour y loger sa fille. C'est alors que nous avons appris, comme par miracle, que le grand-oncle Albert nous laissait sa maison.

Nous avons appris, comme par miracle… *Comme par miracle…*

Je ne me sentis pas très bien. La tête me tournait. Beaucoup de choses s'étaient passées. Beaucoup. Trop. Et nous étions là. Mon père avait signé au bas du papier et nous étions là. Non, nous n'avions rien choisi. Quelqu'un, ou quelque chose, nous avait poussés ici. Dans mes oreilles retentit soudain un bruit sec, celui qu'avait fait tout à l'heure la porte d'entrée en claquant.

CHAPITRE IV

Depuis le hall, on gagnait le sous-sol par un escalier branlant qui paraissait s'enfoncer dans un trou noir. Ce n'était pas vraiment rassurant, et si mon père ne m'avait pas précédée, je crois que je n'aurais jamais osé descendre. L'escalier faisait un coude, après lequel on devinait un couloir un peu plus clair.

Je ne me sentis libérée de l'angoisse qui m'oppressait qu'en posant le pied sur les dalles du bas. Après tout, cet escalier n'était pas si terrible, et l'atmosphère du couloir semblait tiède et douce. Sur la portion qui partait vers la droite, s'ouvraient de petites pièces ressemblant à des cachots mais qui, je ne sais pourquoi, ne m'inspiraient aucune crainte. Elles étaient éclairées par des soupiraux munis de barreaux, si bien que l'obscurité n'était pas totale dans le couloir. D'ailleurs, une fois accoutumé, on y voyait presque bien. L'odeur, par contre, n'était pas franchement agréable.

De l'autre côté de l'escalier, au bout d'un court boyau, on apercevait une porte ouverte. La cuisine.

— Drôle d'idée de faire une cuisine en sous-sol, grognai-je, un peu impressionnée. C'est sombre et malsain. C'est nul.

— Ma petite, commença mon père d'un ton emphatique, tu es trop jeune pour comprendre. (Il me fit un clin d'œil ironique.) Moi aussi, du reste. Toutefois, je te propose une explication : autrefois, la cuisine était un endroit réservé aux domestiques, et aucun maître n'y mettait jamais les pieds. Alors on préférait l'installer à l'écart, loin des appartements. D'ailleurs on ne disait pas « la cuisine », mais « les cuisines ». Ça change tout, tu vois ?

Je voyais.

— Sans compter qu'il était très pratique que les cuisines soient situées près des caves. Comme ça, le vin et les réserves étaient à portée de main. C'est qu'on n'avait pas de frigo en ce temps-là, figure-toi, et les aliments se conservent mieux dans la fraîcheur des sous-sols.

— Ah ! ce sont des caves, ici, pas des cachots ?

Mon père se mit à rire :

— Des cachots ! Tu lis trop de romans ! On n'est pas dans *Le Comte de Monte-Cristo*.

Contrairement à nos espoirs, la cuisine était dans un état peut-être pire que le reste, parce que la saleté y était plus récente, pas encore absorbée et uniformisée par le temps. La qualité de la poussière y était différente, modèle gras-épais. Dans l'évier s'entassaient des assiettes sales, des verres, des plats que, sans être d'une compétence extrême, je jugeai au premier coup d'œil indécrottables.

Le buffet grand ouvert dévoilait la nudité de ses étagères : l'oncle Albert avait utilisé toute la vaisselle disponible, jusqu'au dernier ramequin, sans jamais rien remettre en place. Quand tout avait été sale, qu'avait-il fait ? Repris dans l'évier l'assiette la moins repoussante ?

Sur la table, on voyait encore un bol, un verre, un couteau, un pot de confiture fermé, une bouteille de vin entamée et qui exhalait une forte odeur de vinaigre, un demi-pain gris et ratatiné, un pot de… liquide marron (thé ? café ?) parsemé d'îlots de moisissure bleuâtre.

Voilà la solution adoptée par l'oncle Albert : il gardait sur la table la totalité de ce qu'il lui fallait pour tous les repas, du petit déjeuner au dîner. Il ne lavait plus. Comment l'aurait-il fait, d'ailleurs? On ne pouvait rien glisser sous le robinet tant l'évier débordait de vaisselle. Peut-être récurait-il son écuelle avec un morceau de pain?

J'avisai sur la table un drôle d'objet, un pot métallique ventru surmonté d'un long tube. J'approchai ma main en demandant de quoi il s'agissait.

Je n'eus pas la réponse. Je fis un bond.

— Qu'est-ce qui t'arrive? s'étonna mon père.

— Je viens de prendre une sacrée châtaigne.

— Une châtaigne? Avec une lampe à pétrole?

Mon père se mit à rire.

— Prendre une décharge électrique avec une lampe qui ne sert qu'en l'absence d'électricité!

Il s'interrompit et, l'air soudain un peu préoccupé:

— Dis donc… Si oncle Albert s'éclairait à la lampe à pétrole, c'est que cela fait un sacré bail qu'il n'y a plus d'électricité ici! L'installation doit être dans un drôle d'état.

Observant d'abord le plafond, il suivit du regard le fil qui partait de l'ampoule cassée pour aller jusqu'au mur avant de redescendre le long du chambranle de la porte.

— Ah m… zut! s'exclama-t-il enfin, les fils sont arrachés!

Son problème ne me parut pas crucial sur le moment. Je ne pouvais pas détacher mon regard de la lampe à pétrole : j'aurais parié qu'elle ne voulait pas que je la touche. Cela paraît complètement idiot, mais c'est la stricte vérité.

Nous remontâmes l'escalier en silence. Sans même nous concerter, ni lui ni moi ne dîmes quoi que ce soit à maman concernant l'état de la cuisine. D'ailleurs, maman ne nous demanda rien. Elle balayait consciencieusement le hall d'entrée et, sans doute pour éviter des questions embarrassantes, mon père décréta, du ton allègre qu'il prenait toujours pour nous persuader que tout allait bien :

— Pour l'instant, la pièce la plus agréable me semble le hall.

— Rectification, intervint maman. Tu veux juste dire « la pièce la moins désagréable ». C'est peut-être parce qu'il n'y a pratiquement rien dedans, à part la pendule. Ça nous évite le passé poussiéreux.

— Ce hall n'ayant pas de passé, reprit mon père gaiement, on va lui donner un présent. Je propose qu'on choisisse dans les autres pièces une table et des chaises, les plus belles.

— Les moins bancales, corrigea maman.

— Pour le reste de la maison, reprit papa sans relever, on investira petit à petit.

— À trois, remarqua maman, on ne va pas investir grand-chose…

Elle resta un instant silencieuse. Je suis sûre qu'elle pensait aux enfants qu'elle n'avait pas pu avoir. Pour prévenir tout risque de cafard, mon père lança aussitôt :

— Si on veut venir à bout de ça, il faudrait plusieurs balais, des chiffons, des éponges, des seaux. Il doit bien y en avoir quelque part, non ?

— Ici, dis-je.

Et je vis que mon doigt désignait un placard situé à gauche de l'escalier qui montait à l'étage.

Mon père l'atteignit en trois grandes enjambées et l'ouvrit. Il y avait effectivement là une armée de brosses de toutes sortes, de vieilles serpillières racornies par les ans, de balais et de seaux de métal.

— Eh bien ! s'ébahit mon père, tu as un sixième sens, toi ! Comment le savais-tu ?

Je considérai le placard avec un peu de crainte. Comment je le savais ?

Heureusement, persuadé sans doute que j'avais regardé derrière cette porte à un moment de la journée, papa n'attendait pas de réponse.

— J'aurais bien voulu appeler mes parents, reprit maman qu'un semblant de relations avec l'extérieur aurait rassurée, mais j'ai l'impression

30

qu'il n'y a même pas de téléphone, dans cette maison.

— Il n'y a pas non plus d'électricité, commenta papa d'un ton théâtral. La vie à l'état brut. Toutefois, tu auras remarqué que dans cette caverne, il y a des escaliers et des…

— Et des courants d'air, finit maman.

Elle avait raison. Bien qu'on ait soigneusement fermé toutes les issues, on sentait partout des vents coulis.

CHAPITRE V

J'avais choisi au hasard une chambre pas trop décrépie et qui ouvrait sur l'ouest, de manière à pouvoir profiter du jour au maximum. J'avais aéré, tapé le matelas et refait le lit avec les draps que maman avait pris la précaution d'emporter. Mon oreiller, je l'avais aussi : je ne voyageais jamais sans lui. Il me servait dans la voiture à m'appuyer pour lire, à me réchauffer les mains par temps froid, éventuellement à dormir sur la banquette arrière. À deux ans, je l'avais baptisé « nounou », et le nom lui était resté.

De la fenêtre de ma chambre, je voyais l'arrière de la maison, un espace dégagé qui avait dû être une cour, suivi d'une haie délimitant un autre espace, assez grand, envahi par les herbes folles.

Quand je redescendis, le hall s'était transformé en une salle à manger plutôt accueillante. La lumière lui arrivait par la verrière de l'escalier mais, étant donné la couleur du ciel, elle était extrêmement réduite. Un sac de chips était ouvert sur la table, à côté d'une assiette contenant quelques tranches de jambon.

— Si j'avais su, dit maman, j'aurais apporté plus de vaisselle.

J'intervins :

— On peut en prendre dans le buffet de la salle à manger. Il y a des piles d'assiettes.

— Ce ne sont pas les assiettes qui manquent, mais l'eau. Je n'ai pas envie d'utiliser sans la laver une vaisselle qui n'a pas servi depuis vingt ans. Et malheureusement le raccordement d'eau a dû être coupé.

Mon père se mit à rire :

— Voilà bien une réflexion de citadine ! Ici, il n'y a pas de raccordement à un réseau, pas de canalisations pour amener l'eau de la ville !

— Ah bon ! fit maman d'un air catastrophé.

— Calmons-nous. Ça ne veut pas dire qu'on n'a pas l'eau courante. L'eau est remontée du puits par une pompe électrique... qui marchera lorsque nous aurons l'électricité.

— Demain, j'appelle E.D.F., décréta aussitôt maman. Pas question de passer plusieurs jours sans eau ni électricité. La préhistoire, c'était bien, mais il nous faudrait ce qui allait avec : la massue pour assommer l'ennemi, la lance pour tuer le

33

gibier et l'habitat qui convient, un abri bien calé dos au vent et face à la rivière; qu'il suffise de se pencher pour prendre l'eau.

Cette conversation me paraissait extrêmement étrange. Je finis par faire remarquer:

— Le circuit fonctionne. Dans ma chambre, il y a de l'eau au robinet.

— Tu rigoles, fit mon père.

— Non, je t'assure, il y a l'eau courante dans ma chambre!

— Mais alors… Il y aurait plusieurs systèmes? Comment est-ce possible? En tout cas, autrefois il n'y avait pas d'eau dans les chambres. Oncle Albert aurait fait installer des tuyauteries?

Mon père réfléchit, puis quelque chose s'éclaira dans ses yeux.

— Il y a un lavabo? Un robinet?

— Un minuscule lavabo, dans un angle, avec un robinet au-dessus.

— Un minuscule lavabo… en faïence à fleurs, avec un robinet fixé sur une sorte de réservoir également en faïence?

— Oui. Tu vois, tu te rappelles!

— Oui, laissa tomber mon père, je me rappelle: il y a cette sorte de « lavabo » dans chaque chambre… sauf qu'il s'agit juste d'une « fontaine », une réserve, si tu veux. Et pour qu'il y ait de l'eau au robinet, il faut la verser d'abord dans le réservoir de la fontaine avec un broc.

Et il se mit à rire, à rire…

— Tout de même, dit ma mère qui ne riait pas, il vaut mieux ne pas toucher à cette eau : s'il en reste dans le réservoir, elle doit dater de Mathusalem. Sûrement qu'elle sent mauvais et qu'elle est à moitié croupie.

Je m'étais lavé les mains avec cette eau, elle ne sentait pas mauvais et n'était pas croupie… J'aurais peut-être dû le dire, pourtant je n'en fis rien. Comme si c'était inutile.

— Demain, reprit papa en retrouvant son sérieux, nous irons chercher de l'eau au puits. Nous la remonterons à la force de nos bras. Pendant des siècles et des siècles, et jusqu'à un passé très récent, tout le monde était bien obligé de faire comme ça.

— Eh oui ! soupira maman. On fera la lessive au lavoir. Pour la toilette, on versera l'eau dans une bassine avec un broc. Pour la vaisselle, on la fera chauffer sur le fourneau à bois.

— Ainsi ont fait nos mères, et les mères de nos mères…

— Elles, au moins, avaient la chance d'ignorer qu'il pouvait exister d'autres moyens, répliqua maman.

Objectivement, ma mère n'était pas faite pour la vie rustique, cependant je ne me tracassais pas trop pour elle : si elle était assez râleuse, elle n'était jamais de mauvaise humeur bien long-temps et savait s'adapter rapidement. J'étais sûre que ce serait papa qui aurait en réalité le plus de mal, bien qu'il ne le sache pas encore. De toute façon, il n'y avait pas à s'en faire : demain, le camion de déménagement arriverait, et on irait jusqu'à une cabine téléphonique pour demander à être raccordés au réseau d'électricité et de télé-phone. Ensuite, ça irait tout seul.

— On va se coucher de bonne heure et de-main les choses s'arrangeront.

Papa disait ces mots comme s'il avait pris une décision originale, mais il fallait bien se rendre à l'évidence : on allait se coucher de bonne heure parce qu'on ne pouvait pas faire autrement, vu l'absence d'électricité et la noirceur du ciel.

— Pour commencer, reprit-il, on va remettre la pendule à l'heure.

Il se dirigea vers la haute pendule au ventre large et rebondi, fermée par une porte de bois sculpté, et fit tourner les aiguilles jusqu'à ce qu'elles indiquent huit heures moins dix. Puis il ajouta :

— Vous allez voir ce que vous allez voir…

Il fit jouer la clé dans la serrure pour ouvrir le ventre de l'horloge.

— Ah! lâcha-t-il avec une surprise désappointée. Il y a bien les poids pour remonter l'horloge, mais pas de balancier.

Ah bon. Le balancier était apparemment essentiel au fonctionnement de ce genre d'engin. Heureusement, nous avions nos montres qui, par chance, ne marchaient pas à l'électricité. C'était une bonne nouvelle et, comme le disait maman, il faut toujours souligner les bonnes nouvelles.

On chercha aussitôt ensemble d'autres bonnes nouvelles : on était à l'abri de la pluie, en excellente santé, on avait nos valises de vêtements dans la voiture et des conserves pour tenir trois jours. La tempête allait s'éloigner et on respirait un air pur et vivifiant.

C'est alors que, pour la deuxième fois, j'eus l'impression d'entendre des bruits de portes, qu'on ouvrait et refermait à l'étage. Le vent, sans doute… Je me levai et m'inclinai légèrement devant mes parents.

— Père, mère, je suis un peu fatiguée et je vais me retirer. Je vous souhaite une bonne nuit.

Je tournai les talons et, tandis que je montais l'escalier, me revinrent en mémoire les mots que je venais de prononcer. Une phrase ahurissante. Et pourtant elle m'était venue toute seule.

Sur le palier, je profitai du virage pour glisser un regard vers mes parents : ils hochaient la tête en souriant, pensant sans doute que je plaisantais.

— Bien le bonsoir, ma chère fille, dit alors papa d'un ton badin, et que la nuit vous soit clémente.

Si je n'eus aucun mal à m'endormir, mon sommeil fut de courte durée. Quand je m'éveillai, il faisait nuit noire. C'est un bruit, qui m'avait réveillée. Un bruit sourd. Comme si quelqu'un cognait à une porte. Je me redressai sur mon lit. Le bruit avait cessé. Un peu rassurée, je me rallongeai.

J'allais m'endormir de nouveau lorsque les coups reprirent, et puis… un gémissement. Cette fois, je n'osai même pas m'asseoir. Je tentai de me raisonner : les mots sont très trompeurs, il suffit de dire « gémissement » et on voit tout de suite le pire. Je tentai de choisir un autre mot et, pour ça, je m'appliquai à écouter de nouveau sans me laisser impressionner. Non, ce que j'entendais, c'était seulement un…

Gémissement.

Je remontai mes draps sur ma figure. On aurait dit… que quelqu'un pleurait, ou criait. On aurait dit des lamentations. Je ne trouvais pas les bons mots pour l'exprimer, mais je sentais dans mon cœur que cela résonnait comme du désespoir. Et c'est alors que j'entendis autre chose. Un mot. Un nom, qui semblait crié de très loin, étouffé par la distance :

— Céleste… ! Céleste… !

J'en demeurai abasourdie. La voix était celle d'un homme. La peur commençait à me tordre les entrailles. Mon prénom, mon vrai prénom, c'était celui-là. Même si tout le monde m'appelait Maïlys, celui qui était inscrit en tête sur les registres de l'état civil, était « Céleste ». Personne ne le savait, sauf mes parents, évidemment.

Céleste !

Je passai une nuit affreuse. Les cris et les gémissements s'étaient tus depuis longtemps et, pourtant, ils résonnaient toujours dans mon crâne.

Au matin, je me réveillai glacée. Je n'avais plus aucune couverture sur moi, ni même de drap. Est-ce que je m'étais agitée au point de tout faire tomber ?

Draps et couvertures n'étaient pas au pied du lit. Ils se trouvaient… à l'autre bout de la chambre. Comme si je les avais arrachés et jetés au loin dans un accès de colère. Ou de folie.

Je les fixai avec appréhension. C'est alors que je remarquai une chose étrange : sur les murs, il y avait des traces longues, que je n'avais pas vues la veille. Elles étaient groupées par cinq. Cinq lignes côte à côte, qui ressemblaient... à des griffures.

Si je les avais repérées, c'est qu'elles étaient plus sombres que le papier peint des murs — un vieux papier d'un blanc jaunâtre. Plus sombres, un peu rouges... Je luttai contre l'impression qu'il s'agissait de traces de sang. Comme si quelqu'un avait griffé le mur jusqu'à s'en faire saigner les doigts.

CHAPITRE VI

Quand j'arrivai dans le hall, mes parents étaient en train de prendre le petit déjeuner. Je n'avais pas les idées très claires et, sur le coup, je n'aurais pas remarqué qu'il ne s'agissait que d'un *simulacre* de petit déjeuner si mon père n'avait pas commenté :

— Tu as bien de la chance d'avoir gardé l'habitude de boire du chocolat froid : on a des réserves de lait et de chocolat en poudre. Pour nous ce n'est pas idyllique, parce que le thé…

Il eut un grognement contrarié — le premier depuis que nous étions arrivés ici — et finit :

— Tu me diras qu'il nous reste de l'eau en bouteille. Je te répondrai que le thé à l'eau froide, ce n'est pas ma tasse de thé.

Je me fendis d'une petite grimace.

— Ah ah ! fit papa sans rire le moins du monde. Drôle, n'est-il pas ?

Mon père, tant qu'il n'avait pas avalé un bon thé chaud le matin, était comme sourd et aveugle… Sans parler de son humeur : lui poser une question à ce moment-là, c'était s'exposer inutilement.

C'est alors que je demandai malencontreusement :

— La cuisinière n'est pas allumée ?

— Tu en as de bonnes, répliqua-t-il avec irritation, la cuisinière fonctionne au bois ! D'abord, il faut avoir du bois ; ensuite, c'est long à allumer, et avant que les plaques soient assez chaudes pour faire chauffer de l'eau, on en sera au repas du soir !

Ma mère me fit un clin d'œil complice :

— Nos mères, et les mères de nos mères… commença-t-elle.

Elle n'en dit pas plus.

Cette histoire de cuisinière me remit les pieds sur terre : pourquoi avais-je eu l'impression qu'elle ronronnait au sous-sol ?

— Il y a du bois dans le bûcher, signalai-je.

— Le bûcher ? s'ébahit maman. Où est-il ?

— Au bout de la maison, répondis-je un peu surprise qu'elle n'en sache rien.

Et soudain, je me rendis compte que je venais d'utiliser un mot que je croyais ne pas connaître. Un « bûcher », c'est un endroit où l'on range les bûches… J'avais dû le rencontrer dans un livre, parce que, dans les immeubles parisiens d'où nous venions, il n'était évidemment pas d'un usage courant.

— Je vois que tu as déjà tout visité, remarqua mon père avec un soupçon d'étonnement.

Je subodorai qu'il était en train de se demander à quel moment j'avais pu me rendre là-bas dans la journée d'hier, où il avait fait un temps de chien. Moi, je savais pertinemment que je n'y étais jamais allée et, pour couper court aux cogitations de mes parents, je m'exclamai :

— Pas de tartines grillées, évidemment !

Malgré mon ton volontairement enjoué, mes parents ne baissèrent pas la garde. Ils me dévisageaient d'un air attentif.

— Eh bien dis donc ! Ça n'a pas l'air d'aller fort, ce matin !

Je poussai un soupir ostensible et bougonnai une vague réponse qui se terminait par « cauchemar ».

— Ça ne me surprend pas, observa ma mère, c'est vraiment un temps à cauchemars.

— Tu en as fait aussi ? m'intéressai-je.

— Non, ma foi non. J'ai même très bien dormi.

— Moi aussi, renchérit papa.

— Vous n'avez rien entendu, cette nuit ?

— Moi non, répondit maman. J'ai dormi comme une souche. Pourquoi demandes-tu ça ? Il y a eu du vent ? De l'orage ?

J'hésitai un peu. Du vent, c'était bien possible. Il aurait sifflé dans les greniers, me donnant l'impression qu'on prononçait mon nom.

— Beaucoup de vent, déclarai-je enfin. Et puis aussi des frottements... Sans doute les arbres sur le mur du pignon. Ce soir, j'ai bien envie de changer de chambre.

— Les arbres du bois sur le mur du pignon ? s'étonna papa. Mais tu es à l'autre bout de la maison !

— Il peut y avoir, proposa maman, des ponts sonores. Parfois, on entend des choses qui se passent à cent mètres, et pas du tout ce qui est juste à côté.

Papa reconnut que c'était vrai, et il fut convenu que je me chercherais une autre chambre : ce n'était pas ce qui manquait ici. Il suffisait de s'atteler au ménage.

Je me rendais compte que je n'avais pas parlé du plus important. Comment aborder la question ?

Ma mère était en train d'évaluer l'heure d'arrivée du camion de déménagement qui nous apporterait enfin la cuisinière (qui, par chance, fonctionnait avec une bouteille de gaz que le camion transportait aussi) lorsque, tout en me beurrant une tartine de pain déjà un peu sec, je décidai enfin de me lancer :

— Pourquoi est-ce que je m'appelle Céleste ?

Malgré les précautions que j'avais prises pour prendre un air détaché, mes parents parurent estomaqués par cette question à brûle-pourpoint, qui interrompait visiblement une conversation à mille années-lumière de ce sujet :

— Eh bien, dit mon père qui adorait ces deux petits mots pour introduire ses phrases, c'est l'oncle Albert, justement, qui t'avait donné ce prénom.

— Merci, c'était gentil de sa part. Et je peux savoir pourquoi vous avez laissé faire ça ?

— Ici, c'était la coutume. Le parrain choisissait le prénom de son filleul. Nous nous sommes dit que cela n'avait pas grande importance, puisque chacun a le droit de déterminer, parmi ses prénoms, celui qu'il portera. En plus, si ça se trouve, « Céleste » va revenir à la mode et tu en seras très contente. Avoir un prénom original, c'est toujours intéressant.

Je les gratifiai d'une moue dubitative.

— En attendant, décrétai-je, il y a vraiment de quoi vous traumatiser un gamin.

— N'exagère pas, dit maman. D'ailleurs jamais personne ne t'a appelée ainsi et cela ne t'a pas nui.

— À l'école, évidemment ! Sur les fiches pour les profs — pas folle — je ne mets que « Maïlys ». Mais pour le brevet ! Mon dossier, hein, qu'est-ce qu'il y avait sur mon dossier ? Mes *prénoms, dans l'ordre de l'état civil, en soulignant le prénom usuel*. Et vous croyez que la surveillante qui a fait l'appel a fait attention à ça, au soulignement du prénom usuel ? Elle m'a appelée… « Jarnois Céleste ». C'était très sympa… Tout le monde m'a regardée en coin. Heureusement, par le hasard des listes alphabétiques, il n'y avait dans ma salle personne que je connaissais.

Il y eut un court silence légèrement embarrassé.

— Je me demande, commença mon père d'un air rêveur, si l'oncle Albert n'a pas émis le souhait d'être son parrain exprès pour lui donner ce prénom. Tu te rappelles combien il a insisté à la fois pour être son parrain et pour respecter cette tradition du prénom ? Une tradition qui s'était pourtant perdue depuis un bon moment !

Maman ne répondit que par un petit mouvement de tête dubitatif.

Nous avions passé la matinée à faire l'inventaire de ce qui se trouvait dans la maison, en commençant par les meubles et en jetant un coup d'œil général à ce qu'ils contenaient : vaisselle, linge, chapeaux, livres, objets divers, photos… La quantité invraisemblable de bricoles que nous découvrions nous tournait la tête.

— Ça me donne l'envie, dit ma mère, de tout mettre dans des cartons et de tout emporter au grenier.

Papa et moi avons aussitôt protesté : il semblait y avoir ici des merveilles ! Je ne veux pas dire par là qu'il y avait des trésors, des bijoux, des pierres précieuses comme dans la caverne d'Ali Baba, mais des objets anciens divers et variés, dont certains restaient même pour nous énigmatiques. Mon père lança un concours pour répondre à la question : « À quoi ça peut bien servir ? », et les propositions qui fusèrent remirent un peu d'entrain : « À enterrer les illusions », « À déboucher le temps », « À couper la parole ».

— Ça sert surtout à encombrer les étagères, affirma maman. Je n'ai aucune envie de m'installer dans une maison où les armoires sont pleines de choses que je n'ai pas choisies et dont je n'ai pas l'utilisation.

Nous avons alors pris la décision de déterminer précisément les pièces que nous allions occuper, et d'entasser dans les autres ce dont nous ne voulions pas.

— Quand le camion de déménagement sera là, conclut papa, nous installerons des pièces avec nos propres meubles et nous nous sentirons un peu plus chez nous.

Quatorze heures. Le camion de déménagement n'était pas là et l'agacement pointait. Mes parents avaient hésité jusque-là à quitter la maison de peur qu'il n'arrive en leur absence. De minute en minute, ils remettaient donc leur déplacement jusqu'à la plus proche cabine, d'où ils comptaient appeler E.D.F. et les services du téléphone. Dehors, il faisait toujours un temps épouvantable.

— Bon, décida enfin papa, j'y vais seul. On n'a pas besoin d'être tous présents à l'arrivée du camion. Faites entrer les meubles dans la pièce vide du fond, on s'en occupera par la suite.

Il enfila son ciré et se faufila dehors en refermant vite la porte au nez du vent. J'entendis la voiture démarrer.

— Je vais aller nettoyer cette fameuse pièce du fond, décréta maman en allant vers le placard à balais.

Il y eut un silence, puis le bruit de la porte qu'on secouait vigoureusement.

— Allons bon! Qu'est-ce qu'il a, ce placard? Il est bloqué ou quoi? Je parie qu'un balai est tombé contre la porte, de l'autre côté. Flûte de flûte! Décidément, rien ne marche dans cette maison! Je me demande si nous avons bien fait de…

Elle poussa un soupir: de toute façon, c'était trop tard pour revenir en arrière puisque nous n'avions plus d'appartement, et nulle part où aller. Elle haussa les épaules, comme si elle en prenait son parti. Si au moins le soleil pouvait se montrer, le moral serait certainement meilleur.

En attendant, j'avais trouvé un jeu de dames dans le buffet du salon, et je proposai qu'on entame une partie pour passer le temps. Ma mère me donna raison: entreprendre quelque chose qui risquait de durer longtemps allait sûrement faire arriver le camion.

Le camion n'arriva pas, mais il ne s'était pas passé un quart d'heure que papa était de retour.

— Bien, soupira maman avec soulagement. Si on a déjà l'électricité et le téléphone…

Papa rentra en trombe.

— Eh… bien!

Il était passé par le salon, bien sûr, puisque la porte du hall était toujours bloquée, et sa veste dégoulinait sur le plancher. Il courut donc jusqu'au hall, puis tapa ses pieds sur le carrelage pour ôter la boue de ses chaussures.

— Pas moyen de passer, reprit-il. Le ruisseau est en crue et le petit pont, en bas, complètement sous les eaux.

— Il n'y a pas un autre chemin? s'informa maman avec désappointement.

— Non. Il n'existe que cette petite route pour atteindre la nationale, et j'ai bien regardé autour : aucune autre habitation d'où j'aurais pu téléphoner. Attendons demain… Ça va forcément s'arranger. Ce qui m'embête le plus, c'est de ne pas pouvoir brancher mon ordinateur. J'aurais au moins pu avancer mon projet !

Papa était architecte. Comme le cabinet où il travaillait venait de fermer, il comptait se mettre à son compte.

— Allons, dit ma mère d'un ton moqueur, ton père et le père de ton père n'en possédaient pas, et ils ont très bien vécu sans.

Je sentis que mon père allait répondre que c'était facile pour eux puisqu'ils « avaient la chance d'ignorer qu'il pouvait exister d'autres moyens », mais il se contenta d'émettre un : « Ah ah » sans entrain.

— Bon sang, s'exclama maman, c'est pour ça que le camion de déménagement n'est pas là. Il n'a pas pu passer !

Elle regarda vers la fenêtre. La pluie battait les carreaux, pour ruisseler ensuite en un épais rideau. Tout paraissait flou dehors.

— Attendons demain, répéta-t-elle en écho à la phrase de mon père.

Demain... Je levai les yeux sur la pendule immobile, et mon cœur se serra d'une angoisse affreuse.

CHAPITRE VII

Dans la galère où nous nous étions fourrés, deux choses étaient certaines : le camion n'arriverait pas aujourd'hui, et je ne passerais pas une nuit de plus dans le même cadre.

Tandis que mes parents décidaient d'allumer la grosse cuisinière à bois, j'entrepris, moi, le nettoyage d'une autre chambre. Je ne pouvais pas me cacher que, depuis que j'étais arrivée dans cette maison, j'étais victime de visions, d'hallucinations et pourtant je n'envisageais pas une seule seconde d'en parler à mes parents. Plus le temps passait, plus j'avais l'impression d'être ici chez moi, de connaître la propriété comme ma poche, y compris les endroits où je n'avais pas mis les pieds. Si je n'en parlais pas à mes parents, c'est que je sentais qu'à la moindre fêlure venant de moi, ils prendraient la décision de tout laisser tomber, quitte à passer un mois à l'hôtel avant de trouver un nouveau logement. Or, je ne voulais pas partir. PAS PARTIR ! Malgré l'angoisse qui si souvent m'étreignait, il n'était pas question que je m'éloigne d'ici.

Pour mon nouvel aménagement, j'avais jeté mon dévolu sur la chambre qui jouxtait celle de mes parents, et qui me paraissait, pour cette raison, plus rassurante. À la différence de l'autre, elle donnait à l'est, si bien que je voyais l'entrée de la propriété et sa haute grille rouillée. Restait à aller chercher mes draps dans mon ancienne chambre.

C'est avec une prudence extrême que j'en ouvris la porte. Je fis aussitôt courir mon regard sur les murs. Il n'y avait rien, rien sur le papier peint : aucune marque, aucun signe d'aucune sorte, juste quelques traces de moisissure. Étaient-ce ces taches, que j'avais prises pour des traînées sanguinolentes ?

Je m'avançai jusqu'à la fontaine et l'examinai de fond en comble. Mon père avait parfaitement raison : aucun tuyau n'arrivait là. La seule canalisation visible partait de la vasque pour descendre et disparaître dans un trou du plancher. J'ouvris le robinet, et vérifiai que l'eau disparaissait ensuite par ce tuyau : il ne servait bel et bien qu'à l'évacuation.

Je laissai couler l'eau un moment, histoire de voir combien le réservoir en contenait. Elle était propre et claire, sans aucune odeur particulière. Elle s'écoulait, s'écoulait... cela n'en finissait pas. Je décidai de laisser faire, et d'aller pendant ce temps préparer ma nouvelle chambre.

Lorsque je revins, une bonne demi-heure plus tard, l'eau giclait toujours. C'est alors que je me rendis compte que c'était matériellement impossible : le réservoir ne pouvait pas en contenir autant. Je fermai le robinet et examinai le mur, derrière.

— Alors, dit papa en entrant dans la chambre, voilà donc cette fameuse fontaine !

Il regarda tout autour et commenta :

— C'est une fontaine améliorée, avec un écoulement connecté sans doute à une descente de gouttière. Néanmoins, sans arrivée d'eau, tu le vois bien.

D'un geste décidé, il ouvrit le robinet. Deux gouttes noirâtres tombèrent dans la vasque, rien de plus.

— Allons ! s'exclama-t-il, ne fais pas cette tête-là ! Il restait un peu d'eau, il n'y en a plus, c'est tout. Mais rassure-toi, je suis allé au puits et j'en ai tiré. Aucun problème. J'en ai rempli deux brocs : assez pour se laver et faire un peu de vaisselle. Ta mère et moi avons déjà déblayé l'évier, ce qui n'a pas été une mince affaire. On va essayer de trouver un grand bac et on portera le tout dehors. Autant que ce temps de chien serve à quelque chose d'utile : la pluie va nous faire un bon prélavage.

J'écoutais à peine ce qu'il me disait tellement j'étais éberluée. Enfin, je respirai un grand coup avant de déclarer :

— Je vais aller vous aider. Il y a plusieurs bacs à lessive dans la buanderie.

— Dans la buanderie ? (Mon père semblait tomber des nues.) Qu'est-ce que tu appelles « la buanderie » ?

La stupeur me coupa le souffle.

— Tu sais, expliquai-je enfin, juste avant le bûcher. Une espèce de pièce entièrement vitrée.

— Ah oui ! Moi, j'appelais ça « la serre ». Je pensais que c'était un local pour les plantes. Du reste, quand j'étais gosse, c'est à ça qu'elle servait.

Il me jeta un coup d'œil et conclut :

— Mais il est bien possible que tu aies raison. À l'origine, ça pouvait être une buanderie. Au temps où il n'y avait pas l'eau courante. Moi, quand j'y suis venu, il y a... (il réfléchit) voyons... j'ai quarante-six ans, j'en avais douze, cela fait donc...

— Trente-quatre ans.

— C'est ça. Eh bien, il y a trente-quatre ans, la pompe était déjà installée, et il y avait même une machine à laver.

Je l'interrogeai sur le genre de machine à laver de l'époque, sur les premières inventions ménagères, puis sur l'origine de la radio, de la télé. Non que cela me passionnât particulièrement, mais j'arrivai vite à mon but : mon père avait totalement oublié cette histoire de buanderie.

Moi, je ne l'oubliais pas. Je la voyais, la buanderie. Je voyais des bacs fumants. Je sentais l'odeur particulière de l'eau savonneuse qui bouillait dans les lessiveuses. Je voyais même deux femmes en robe longue et tablier blanc, les cheveux serrés dans une sorte de coiffe attachée sous le menton, qui remuaient avec un long bâton le linge dans les bacs.

— Cette nouvelle chambre te plaît mieux ? demanda papa.

— J'espère qu'elle sera plus calme, que j'entendrai moins le vent.

— Le bruit du vent, chuchota mon père en prenant un air mystérieux, c'est envoûtant, enivrant, surtout quand on est bien au chaud sous la couette. J'ai toujours adoré le vent. Tu sais que j'habitais au bord de la mer. Là, les vents sont des compagnons quotidiens, chacun porte même un nom différent suivant sa force et la direction d'où il souffle. Quand j'étais petit, à chaque tempête, je courais jusque sur la lande qui surplombait la mer. J'avais une cape bleu marine, je me rappelle bien — d'ailleurs, à cette époque-là, tout le monde avait une cape bleu marine. Je me mettais debout face au vent, j'écartais les bras en tenant ma cape de chaque côté, et je tentais de résister aux rafales le plus longtemps possible. (Il secoua la tête en riant.) Quand je revenais, j'avais chaud, terriblement chaud, et les joues écarlates… Bon, on n'est pas là pour raconter sa vie, je vais chercher un bac.

Dès que mon père eut franchi la porte, je tournai doucement le robinet de la fontaine. Il se remit à couler comme avant. Je refermai et examinai la chambre avec soin. Tout ici me semblait familier, mais cela ne m'étonnait pas. Plus rien ne m'étonnait. « Maïlys, me dis-je, tu es déjà venue ici dans une autre vie ! »

Et cette phrase eut pour résultat de m'amuser plus que de m'inquiéter.

— Toutefois, poursuivis-je à voix haute, il y a des limites à tout.

Je quittai la pièce sans regret. Tant pis. C'était *MA* chambre ? Eh bien, elle se passerait de moi.

La cuisine avait l'air moins sinistre depuis que l'évier avait figure d'évier et que la cuisinière ronronnait. Le sol avait été lavé et les étagères époussetées. Toute la vaisselle était dehors, dans la cour, en train de se décrasser à l'eau du ciel. Ma mère déclara pourtant qu'il n'était pas question de maintenir dans ces sous-sols humides une pièce aussi importante pour la vie quotidienne : dès qu'on le pourrait, on s'installerait au rez-de-chaussée et on transformerait en cuisine la pièce de gauche, que papa appelait « le boudoir de grand-mère ».

Il faisait toujours aussi sombre et nous montâmes nous coucher dès que la lumière ne fut plus suffisante pour que nous puissions nous activer utilement.

— Cette fois, déclara ma mère en m'embrassant devant la porte de ma chambre, j'espère que tu vas dormir un peu mieux.

— Ça va aller.

J'appuyai sur la poignée de ma porte... qui refusa de s'ouvrir.

— Ah ! m'exclamai-je avec une vague crainte, ça bloque !

Mon père s'approcha :

— Attends, je m'en occupe.

Il s'en occupa... mais ni ses jurons ni ses coups d'épaule n'eurent raison de la résistance de ma porte.

— M... zut ! cria-t-il. Je n'y arrive pas !

Je demeurai sans réaction. Maman était en train d'observer que, vraiment, il y avait des problèmes de portes à régler dans cette maison, et elle déplora de ne pas avoir une autre paire de draps pour que je puisse m'installer ailleurs.

Je signalai enfin que dans ma précédente chambre, il y avait des draps très propres dans les armoires, et qu'on pourrait les utiliser. Maman alla aussitôt vérifier mes dires et s'assurer que la porte s'ouvrait correctement.

— Ne ferme pas complètement, conseilla-t-elle, que nous n'ayons pas de risques d'enfermement, demain. Et puis, ça m'ennuie que tu passes une autre nuit dans cette chambre si mal isolée…

Je contemplai par la fenêtre le soir qui tombait.

— Ça n'a pas d'importance, soufflai-je à voix basse.

CHAPITRE VIII

Malgré les conseils de ma mère, je refermai la porte derrière moi. J'avais confiance en elle, j'étais sûre qu'elle ne me refuserait pas le passage. C'était ici que je devais dormir. Ici et pas ailleurs. La veille, j'avais cru choisir cette chambre par hasard, mais ce n'était pas un hasard, rien n'était un hasard.

Le savoir ne me réconfortait guère. J'avais du mal à expliquer mes sentiments. D'une part je me sentais bien dans cette pièce, d'autre part je la redoutais. Je crois que c'était surtout la peur d'entendre les gémissements, et aussi mon nom. Qui pouvait m'appeler par mon nom ? Un nom rayé, oublié, sans importance. Un nom de carnaval.

Non, je me trompais sûrement, personne ne m'appelait par mon nom : même si, comme j'en étais persuadée, j'étais déjà venue ici dans une autre vie, il n'y avait aucune raison pour justifier ces mots. Ce n'était certainement qu'un rêve, un bourdonnement dans mes oreilles, provoqué par l'émotion qui avait accompagné la révélation de ces événements étranges.

Autour de moi, les meubles luisaient dans les derniers rayons du soleil couchant. Je savais que ce n'était qu'une impression : je n'avais rien épousseté, et encore moins ciré. Les meubles ne pouvaient pas luire, sans compter que le soleil se couchait certainement discrètement derrière une épaisse couche de nuages, sans nous gratifier du moindre rayon. Objectivement, il pleuvait, objectivement la chambre était décrépie, les meubles avaient pris cette teinte mate que poussière et humidité conféraient au vieux bois, le sommier était fatigué et les rideaux passés. Rien ne pouvait avoir le côté pimpant qui m'apparaissait.

Je haussai les épaules en décidant de ne plus penser à rien et de me coucher tout de suite.

Je remontai mes draps jusqu'au menton et, pour me rassurer, je prononçai à voix haute :

— Maintenant, ça suffit. Pas de cris, pas de gémissement, s'il vous plaît.

Je me tournai sur le côté et sombrai dans le sommeil.

Il faisait jour. Grand jour. J'avais dormi d'une traite. En poussant un soupir de soulagement, je m'extirpai des draps. La descente de lit était de nouveau usée, l'armoire terne. Parfait.

Je sautai dans mon jean, passai mon pull, et c'est à cet instant seulement que je la vis. Là, sur le mur, une inscription en lettres de sang.

Je la fixai un moment, puis vérifiai qu'il n'y avait rien d'autre. Non… rien d'autre que cette simple date : 12 octobre 1916.

Malgré cet événement qui, la veille, m'aurait effrayée, je me sentais bien. Surtout, je crois, parce que j'avais en tête des projets précis. Je descendis l'escalier en courant.

Du hall, montaient des odeurs de thé et de tartines grillées (les dernières, précisa ma mère, car après ça il ne restait plus de pain). Le petit déjeuner semblait un peu plus traditionnel. Maman était contente de la cuisinière — qui ne s'était pas éteinte pendant la nuit — et papa était déjà parti chercher du bois.

— Malheureusement, conclut maman, il pleut toujours autant. Jamais vu ça.

— Ça s'est déjà vu, dis-je d'un ton léger. Il y avait même un mec qui s'appelait Noé et qui a su s'en tirer.

Il y eut un bruit de porte dans mon dos et mon père arriva par l'arrière de l'escalier, une tonne de bûches sur les bras.

— Tu avais raison, dit-il à l'intention de maman, cette porte donne bien sur l'autre côté de la maison. Ça va nous éviter de cochonner le plancher du salon à chaque sortie… Tiens tu es réveillée, ma puce ? Alors, ça va mieux ce matin ?

Maman répondit à ma place que j'avais, cette fois, très bien dormi, puis elle décréta qu'elle allait l'aider à descendre les bûches jusqu'à la cuisine.

Ils disparurent dans l'escalier noir, qui ne me semblait plus aussi noir depuis que je savais ce qu'il y avait à l'autre extrémité.

— … et je crains, dit mon père en remontant, que pour le déménagement…

— Ce soit encore à l'eau, finit ma mère.

— Toi qui te plaignais de manquer d'eau…

— Eh ! Je demandais de l'eau courante, pas de l'eau tombante ni de l'eau montante !

— Tout ça n'est qu'affaire de vocabulaire.

Décidant que ces bêtises sans intérêt avaient assez duré, je m'immisçai dans la conversation le plus adroitement possible :

— Quand tu venais en vacances ici, il pleuvait souvent comme ça ?

Mon père s'assit et se versa du thé.

— D'abord, commença-t-il, je n'y suis venu qu'une seule fois, l'année de mes douze ans. Ensuite, c'était en été.

— Nous sommes aussi en été, fit observer maman.

Mon père eut un court moment de surprise, avant d'avouer :

— C'est vrai… j'avais oublié, je me croyais à l'automne. Bon, eh bien tout ça pour dire que ce temps-là, non, franchement, il ne me semble pas.

Je pouvais raisonnablement en venir à ma vraie question, celle qui avait de l'importance :

— Tu n'as pas de photos de cette époque ?

— Ma foi… Peut-être chez mes parents… Il faudrait le leur demander.

Quand ? La prochaine fois qu'on ferait les huit cents kilomètres qui nous séparaient ? J'étais terriblement déçue. Maman eut alors la bonne idée de signaler :

— Au salon, dans le bahut, il y a des tas de boîtes de photos. Si ça se trouve, il y en a, des photos de cette époque !

Mon cœur se mit à battre : j'avais l'intention de fouiller un peu dans l'enfance de mon père, mais je venais soudain de découvrir que les photos d'ici me permettraient certainement de remonter beaucoup plus loin dans l'histoire de la maison. Peut-être à ses débuts, dans les années 1900... La photographie existait-elle en 1900 ?

Mon père affirma que oui.

— C'est une idée fantastique, s'exclama-t-il enfin. J'adore regarder des vieilles photos !... À moins que vous ne préfériez aller prendre un bain de soleil...

J'y allais d'un « ah ah ! » ricaneur.

— Eh bien ! s'exclama mon père, c'est vraiment extraordinaire... Tout est classé dans des albums ! Remarquez, des vieilles photos, il n'y en a pas tellement. Dans les boîtes, c'est plus récent. Il s'agit apparemment de clichés pris par un des fils d'oncle Albert.

Papa fouilla un peu dans les albums, de manière à les classer dans l'ordre chronologique, et le plus ancien qu'il trouva datait de 1895. Sur la première page, il y avait un portrait d'homme, assis dans un fauteuil, et qu'on ne voyait que jusqu'à la taille. Dessous était écrit : « Edmond Jarnois. 1897 ».

— Belle prestance ! admira mon père. Edmond, c'est mon arrière-grand-père. Là, il doit avoir une trentaine d'années. Il était né en 1870.

— On lui donnerait plus, évaluai-je. Tu l'as connu ?

— Eh bien… Il est mort quand j'avais cinq ans et, évidemment, mes souvenirs sont flous. En tout cas, il n'était pas commode, l'arrière-grand-père, c'est ce que j'ai toujours entendu dire.

Sur la page suivante on voyait une femme vêtue de noir, avec un bébé dans les bras et une petite fille accrochée à sa jupe. Sans aucune inscription Papa se lança dans des déductions :

— Il doit s'agir de sa femme Victoire, mon arrière-grand-mère, et de ses deux aînés. La fille a l'air d'avoir trois ou quatre ans. Albert n'étant pas encore né à cette date, et encore moins René (le petit dernier, qui était de 1917), ce bébé doit être mon grand-père Louis.

— Tu rêves, m'exclamai-je, c'est une fille !

Mon père se mit à rire.

— Souvent, les bébés portaient des robes jusqu'à deux ou trois ans, qu'ils soient filles ou garçons. Mon grand-père étant né en 1895, c'est sûrement lui.

— Quelqu'un venait sûrement de mourir, parce que l'arrière-grand-mère est tout en noir.

Mon père observa la photo avant de répondre :

66

— Autrefois, on portait le deuil pendant des années et des années après la mort d'un proche. Comme on perdait régulièrement un oncle, un grand-père, une arrière-petite-cousine, on n'arrivait jamais à quitter le deuil. Sur les photos anciennes, les femmes sont pratiquement toujours en noir.

On tourna la page. Là, on voyait les mêmes enfants, ensemble, un peu plus âgés. Puis il y avait quelques portraits individuels, où papa reconnaissait tantôt son père, tantôt l'oncle Albert, ou René en communiants, en soldats, devant la porte de la maison, à cheval… Çà et là, il y avait des marques plus claires révélant que des photos avaient été décollées de leur place. Quelqu'un les avait récupérées. Dommage. Ça laissait des blancs partout.

Venait ensuite une de ces grandes photos dont les familles avaient le secret, et qui rassemblaient toutes les générations. Elle datait de 1913. Comme elle n'était pas collée (ses coins étaient simplement glissés dans le support) mon père la souleva.

Au dos, on avait inscrit le nom des personnes présentes. Malheureusement, en dehors de quelques-uns, la plupart de ces noms ne disaient rien à papa. Il repéra Edmond, puis Louis (son grand-père) jeune homme, le grand-oncle Albert (qui n'était alors qu'un gamin). Il y avait évidemment une grande différence d'âge entre Louis et son frère Albert.

J'attirai soudain son attention :

— Regarde, il y a un nom caché.

Un papier blanc avait effectivement été collé sur un nom, à une époque où l'on ignorait l'effaceur. Bien sûr, notre intérêt s'est tout de suite porté dessus et, au lieu de déchiffrer les noms qui nous étaient accessibles, nous n'avons eu de cesse de savoir ce qui était caché là.

— Attends, dit papa en s'escrimant sur un coin du papier, il se décolle… Je vais tirer dessus avec précaution… Voilà…

L'opération avait déchiré en même temps un peu du carton de support, mais on pouvait encore lire distinctement : « Céleste ».

Céleste…

— Eh bien ! lança mon père, on nous a supprimé la tante Céleste, tout bêtement.

Celle qui portait le même nom que moi était une tante ?

Je retournai la photo en vitesse pour repérer la personne concernée. Mon cœur battait terriblement.

Il s'agissait d'une jeune fille qui pouvait avoir autour de vingt ans, peut-être moins (il est très difficile de donner un âge à des gens d'une autre génération). Partagée entre la déception et le soulagement, je constatai qu'elle ne me ressemblait absolument pas. Elle paraissait assez grande et jolie, plutôt claire de cheveux.

— Une tante? Quel genre de tante?

Mon père me considéra avec dans l'œil une lueur d'incrédulité.

— C'est vrai, dit-il enfin. Quel genre de tante? J'en ai rarement entendu parler, très rarement même, mais le prénom *Céleste* est bien pour moi associé à *tante*.

Il refit alors un petit point salutaire sur la famille. Il ne savait pas remonter plus haut que son arrière-grand-père Edmond, il commença donc là.

— Edmond a donc eu trois enfants: une f... Bon sang! C'est elle! En dehors de mon grand-père Louis, de mes grands-oncles Albert et René, il y avait une fille, l'aînée, celle qu'on voit sur la photo, là, au début.

Je revins en arrière dans l'album, puis feuilletai avec soin. La petite fille ne figurait que sur deux photos collectives, sans indication de prénom. Il n'y avait d'elle aucun portrait individuel, et la pensée nous vint aussitôt que c'étaient ces portraits-là qui avaient été retirés de l'album.

Jusque-là, on avait pensé que quelqu'un les avait récupérés pour sa propre collection, mais le fait que son nom soit caché sur la grande photo de famille donnait à cette absence un tout autre sens.

Mon père demeura pensif. Qu'était-il arrivé à cette tante, ou plutôt cette grand-tante, pour qu'on la supprime de la famille ?

Il essaya de retrouver dans quelles conditions il avait entendu prononcer son nom. Il lui semblait que c'était l'oncle Albert, qui avait dû dire quelque chose comme « tu ressembles à ta tante Céleste ». Les enfants ne font jamais attention à ça, aux ressemblances qu'on veut à tout prix leur trouver. Il se rappela qu'ensuite, ce prénom avait été prononcé par le fils du boulanger du village, chez qui il allait acheter des bonbons chaque samedi, et dont il s'était finalement fait un copain. Celui-ci était venu parfois jouer avec lui à la maison. Oui… C'est là que le garçon avait parlé de cette Céleste : elle avait disparu et n'était jamais revenue. On racontait que l'arrière-grand-père Edmond avait interdit son mariage avec l'homme qu'elle aimait, et qu'elle s'était enfuie avec lui. C'était en 1916.

1916 ! Je fus tout de suite frappée, bien sûr, par le fait que c'était la date inscrite sur le mur de ma chambre.

— Autrefois, finit mon père, il y avait des tas d'histoires de ce genre dans les familles. Je ne sais pas pourquoi, j'ai toujours eu l'impression que cette fille aînée était morte depuis longtemps. Je n'y ai pas accordé d'attention.

— Pourquoi est-ce que l'arrière-grand-père Edmond s'opposait au mariage ?

— Va savoir ! À l'époque… (Il s'interrompit pour réfléchir.) J'ai même entendu parler d'un père qui avait interdit à sa fille d'épouser l'homme qu'elle aimait, sous prétexte que celui-ci avait passé une année au séminaire.

— Et alors ? demandai-je en tombant des nues.

— Et alors, le père considérait que c'était un *défroqué*, comme s'il s'agissait d'un prêtre ayant rompu son serment. Or il n'avait jamais prononcé de vœux, il avait juste fait une année d'études au petit séminaire quand il était très jeune… et vrai-semblablement expédié là par ses parents.

— Incroyable, soufflai-je.

— D'ailleurs je me demande, reprit soudain mon père, si cette anecdote ne concernerait pas la tante Céleste elle-même.

Cette histoire nous laissa pensifs, parce que les deux morceaux — l'opposition du père et la fuite de la jeune fille — se recollaient fort bien.

— Ah! les familles! soupira mon père. Il a dû s'en passer, dans cette maison…! D'ailleurs, les gens du voisinage l'appelaient d'un nom qui m'a toujours paru plein de mystère : La maison aux 52 portes.

CHAPITRE IX

Il pleuvait toujours et le vent ne faiblissait pas. La pluie fouettait les carreaux avec une violence inouïe. Ce n'était pas désagréable : on se sentait dans une sorte de bulle, à l'abri des éléments. En début d'après-midi maman décida qu'on allait faire du feu dans la cheminée, ce qui serait beaucoup plus gai. C'est ainsi que, du hall, nous migrâmes dans le salon.

Tout étant à peu près époussseté et nettoyé, ma mère eut envie de regarder à son tour les photos. Malheureusement — et cela ne m'étonna qu'à moitié — la porte du bahut refusa obstinément de s'ouvrir.

— Dès que j'aurai ma petite fiole d'huile, rassura papa, je vais m'occuper des gonds. En attendant, je vous conseille amicalement de ne pas enfermer les objets dont nous avons souvent besoin. On a apparemment un véritable problème de portes.

Je me demandai soudain si les *cinquante-deux* portes incluaient celles des armoires, et je tentai un compte rapide dans ma tête :

Au sous-sol, les caves et les cuisines. Sept portes.

Au rez-de-chaussée : le hall, le boudoir, le salon, la pièce vide, la sortie à l'est... Cinq. Plus six portes-fenêtres, donc onze portes en tout.

À l'étage, une douzaine de chambres, une douzaine de portes.

Au second, mettons huit. Les greniers, je n'y étais pas allée. Il ne devait pas y en avoir tellement... Je votai pour quatre. Tout cumulé, j'en étais donc à quarante-deux. Il fallait encore ajouter le bûcher, la buanderie, les chambres de bonnes qui se trouvaient à l'étage du grenier... D'où je conclus que le nombre de cinquante-deux ne pouvait pas tenir compte des portes de placards ni d'armoires.

— Un peu de musique, peut-être ? proposa mon père tandis que les flammes commençaient à pétiller dans la cheminée.

Il souleva le couvercle du piano et tapa sur quelques touches au hasard. Des notes effroyablement dissonantes résonnèrent dans la pièce.

— Aïe ! gémit papa, il vaut mieux le faire accorder d'abord.

Personne dans la famille ne sachant jouer de piano, ce n'était pas vital. Je pouvais tenter *Frère Jacques* sans trop de fausses notes, et le seul air que mon père connaisse était *La lettre à Élise*. Et encore, seulement le début. Le piano ne nous manquerait pas vraiment.

C'est alors que maman demanda :

— Tu es sûr qu'oncle Albert ne jouait pas de piano ?

— Pratiquement. Je me rappelle même que ses fils trouvaient dommage que personne ne se serve de cet instrument. D'après ce qu'ils disaient, ils auraient bien aimé apprendre, mais leur père n'avait jamais voulu. Personne n'avait le droit de toucher au piano.

— C'était peut-être celui de Céleste ? proposai-je malgré moi.

Mon père me lança un regard surpris.

— Possible, admit-il enfin.

— De toute façon, c'était un drôle de type, cet oncle Albert, intervint maman. Si ça se trouve, il jouait du piano en cachette.

— Pourquoi est-ce qu'il était mon parrain ? m'inquiétai-je soudain. C'est bizarre d'avoir un grand-oncle pour parrain, non ?

— Bof... dit mon père, bizarre, non. Bien sûr, autrefois, le rôle du parrain était de remplacer les parents si par hasard ils mouraient, mais aujourd'hui, si les parents disparaissent, c'est le conseil de famille qui décide à qui on va confier les enfants, alors la fonction n'est plus aussi…

— En principe, interrompit maman, le parrain est censé veiller à l'éducation religieuse des enfants, c'est tout. Et l'éducation religieuse…

Évidemment. L'engagement était mince, puisque nous n'étions pas pratiquants.

Papa reprit la parole :

— Oncle Albert tenait véritablement à être ton parrain, et nous n'avons pas voulu lui refuser ce petit plaisir, qui ne nous coûtait rien.

— Sauf le prénom, corrigea maman. Ça m'a quand même un peu ennuyée.

— Il a voulu me donner le prénom de sa sœur disparue, déclarai-je.

— Sans doute. Sur le moment, je n'y ai pas songé une seconde. J'avais totalement oublié cette « tante Céleste ».

— Ce parrain, je ne l'ai jamais vu de ma vie, hein ?

— Euh… Non, jamais. Cependant, il s'est toujours tenu informé de ce que tu devenais. Il a même voulu t'inviter ici pendant les vacances. Chaque année il insistait.

— Et alors ? Je ne suis pas venue… ?

— Non. Nous n'étions pas d'accord. Il vivait tout seul... Pour une petite fille, c'était un peu isolé.

Je n'écoutais plus. Par la porte ouverte, je fixai la pendule du hall sans la voir. Maintenant, Albert avait réussi à me faire venir. Maintenant j'étais ici. Et quoi qu'il pût m'arriver dans l'avenir, je savais que j'étais à ma place. Pour quelle raison tenait-il à ce que je vienne ? C'est une chose que j'ignorais encore.

— J'aimerais bien, dis-je à papa, que tu me parles de mon parrain.

Je faisais exprès de ne pas prononcer le nom de mon arrière-grand-oncle, pour paraître ne m'intéresser à lui qu'en tant que parrain.

— Ah ! L'oncle Albert ! soupira mon père. Voyons, qu'est-ce que j'en sais ? Il est né en 1907, douze ans après mon grand-père Louis. C'est pour cela que ses enfants sont proches de moi par l'âge, bien qu'ils soient en réalité mes oncles. Jean-Claude, par exemple, n'a que sept ans de plus que moi, Jean-Charles cinq, Jean-Dominique quatre, Jean-Philippe deux.

— Il avait de la suite dans les idées, pour les prénoms, fis-je remarquer.

— Comme ta mère l'a souligné tout à l'heure, reprit papa, le grand-oncle était un type bizarre.

Sa femme est morte très jeune et il ne s'est pas beaucoup occupé de ses enfants : ils étaient pensionnaires et, pendant les vacances, ils allaient en colonie.

— Bonjour la vie de famille ! commentai-je. Tu ne connais donc pas tes oncles.

— Si, quand même. Mes parents avaient pitié d'eux, de les voir toujours en pension, alors ils les invitaient à la maison pendant les petites vacances. Ils étaient quatre et nous, trois. Ça faisait sept garçons dans la maison. Mon père disait : « Quelle foire d'empoigne ! », mais on s'amusait comme des fous. On se relayait pour écrire à l'oncle Albert, et on signait au hasard, Jean-Charles ou Jean-Philippe. Une fois même, on a signé Jean-Chrysostome. D'après mes cousins (je ne les appelais pas mes oncles, ç'aurait été ridicule) leur père n'y avait vu que du feu. Il ne se rappelait pas qu'il n'avait aucun fils de ce nom. Enfin là, ils exagéraient peut-être…

— Si ça se trouve, suggéra maman, c'est pour ça qu'ils n'ont pas voulu de cette maison. Trop de mauvais souvenirs… L'oncle Albert vivait ici, en ce temps-là ?

— Il a toujours vécu ici. La maison était pour moitié à mon grand-père, mais il n'y habitait pas. Il a laissé par testament sa part à Albert, pour qu'il puisse continuer à y vivre. Oncle Albert était le plus attaché à cette maison.

— Et pourtant, observa maman, il ne faisait pas grand-chose pour l'entretenir. Il n'y a qu'à voir dans quel état…

Elle eut un regard vers le piano : je crois qu'elle pensa une nouvelle fois que c'était le seul meuble convenable dans cette maison, et qu'Albert avait donc dû en jouer. Moi, j'étais persuadée que s'il était entretenu, c'était à cause de Céleste. Pourquoi exactement ? C'était le mystère.

Je jetai à mon tour un regard sur l'instrument : si moi seule l'avais vu briller, j'aurais pu douter, mais mes parents aussi, l'avaient remarqué. Le piano était RÉELLEMENT propre, au moins extérieurement.

— Albert vivait ici comme un ours dans sa caverne, renchérit papa.

— Un véritable ours et une véritable caverne, nota maman.

— Reconnais qu'on n'y est pas si mal, finalement.

— On s'habitue à l'inconfort.

— Ou plutôt à un confort différent.

Tandis que mes parents poursuivaient leur habituel match de ping-pong verbal, je songeai à une phrase de mon père : « Ils étaient quatre et nous, trois. Ça faisait sept garçons. »

— Il n'y avait pas de filles, dans cette famille ? demandai-je. Tu n'as pas de sœur, je sais, mais tu n'as pas non plus de cousines ?

— Aucune, répondit mon père. Et le pire, c'est que tous mes cousins n'ont eu à leur tour que des garçons. Tu es la seule fille de la famille depuis des générations et des générations !

La seule fille de la famille. Était-ce pour cela qu'Albert avait jeté sur moi son dévolu et le prénom qu'il tenait en réserve ?

Je poussai un soupir involontaire et levai de nouveau les yeux vers la fenêtre. Des rafales fouettaient la maison de plus belle, l'eau ruisselait sans discontinuer sur les carreaux, transformant le monde qui nous entourait en immense chaos, qui faisait ressembler notre maison à un cocon bien clos au milieu de la tempête. Oncle Albert m'avait donné le prénom de Céleste, il m'avait attirée ici et il nous empêchait de repartir.

CHAPITRE X

Troisième soirée. On ne parlait plus du camion de déménagement, on attendait que la pluie s'arrête. On ne savait même plus si le monde extérieur existait. Par une chance incroyable, le buffet de la cuisine regorgeait de boîtes de conserve entassées par l'oncle Albert, et la plupart étaient encore consommables. Cela nous aiderait à attendre la fin du déluge. Bien sûr, le pain nous manquait et j'aurais bien grignoté quelques fruits… Tant pis !

Enfin, disaient mes parents, ce débordement du ciel durait déjà depuis trois jours, il allait bien s'arrêter ! C'était une question d'heures, voire de minutes.

Je n'osais rien en penser.

— Eh bien, s'exclama papa en hochant la tête, le niveau du puits a dû salement monter ! On a des réserves d'eau pour dix ans !

— Le plus curieux, ajouta maman, c'est que le temps n'a pas changé d'un iota depuis la minute où nous avons posé nos sacs ici.

— Je suppose que tu parles du temps qu'il fait dehors, mais on pourrait en dire autant du temps qui passe. On dirait qu'il s'est arrêté. Tout comme cette pendule.

Mon regard revint vers les aiguilles, elles indiquaient toujours huit heures moins dix.

Le soir ne tomba pas vraiment. À un moment, nous eûmes juste l'impression qu'il faisait encore plus sombre et que, sans doute, dans un monde hors de portée de nous, le soleil s'était subrepticement couché.

À l'heure de monter dans ma chambre, je me sentis mal, un peu terrifiée, comme lorsque le médecin m'annonçait : « Je vais te faire une petite piqûre. » Je ne sais pourquoi, certaines choses m'effrayaient et d'autres pas. J'avais conscience que l'univers qui m'entourait était par moments — et par moments seulement — celui de Céleste, mais que cela ne pouvait pas tout expliquer. Par exemple, les voix dans la nuit s'adressaient-elles à Céleste l'ancienne, ou à Céleste la nouvelle ? Par exemple les draps arrachés… Est-ce que cela arrivait à Céleste ou à Maïlys ? Et puis pouvais-je être une réincarnation de la tante Céleste alors que je ne lui ressemblais pas physiquement ?

Tout en montant l'escalier à pas réticents, j'essayais de me rassurer : il ne s'était rien passé de notable la nuit précédente, mis à part l'inscription qui, bien sûr, avait disparu dans la journée. En tentant d'analyser les événements, j'avais cru comprendre que, à de courts instants, des souvenirs appartenant à Céleste me revenaient et que j'étais alors en mesure de voir ce qu'elle avait vu.

Quand j'entrai dans la chambre, je constatai effectivement que tout était normal. J'entends : conforme à la Céleste d'aujourd'hui, alias Maïlys.

Je m'assis sur le lit et essayai de rassembler les deux ou trois choses que j'avais apprises sur cette tante. Et soudain, je me posai une question essentielle : si j'étais une réincarnation de la fille d'Edmond, à quelle époque de sa vie est-ce que je me trouvais ? Parce qu'une vie, c'est long ! Étais-je Céleste à dix ans, à quinze ans, à vingt ans ?

Je me rappelais les gémissements, le désespoir dans la voix qui criait. Si je les entendais, moi, c'est qu'ils concernaient probablement Céleste à un tournant dramatique de son histoire. Après le refus du père ? Cela expliquerait mon sentiment de désespoir. Elle aurait donc une vingtaine d'années.

Parfois, en revanche, je voyais la maison, les servantes dans la buanderie, mille scènes quotidiennes paisibles et totalement dénuées d'angoisse... Tout cela n'était pas clair.

Je me demandais si cette deuxième sorte de visions, que j'appelais « le calme », se situait avant qu'elle ne rencontre ce garçon (j'ignorais son nom, ce qui montrait bien que je n'étais pas totalement Céleste), ou bien après, une fois qu'elle avait pris la décision de s'enfuir avec lui et sans doute retrouvé un peu de sérénité.

Elle avait tout de même vécu une histoire qui sortait de l'ordinaire, une histoire romantique. Enfin, à son époque. Parce que si je transposais cela aujourd'hui, je trouverais que partir vivre avec un garçon qu'on aime sans l'autorisation de parents pénibles et ringards n'est pas le summum de l'aventure.

Non, je n'arrivais pas à transposer ça. Je ne pouvais ressentir les choses que comme elle-même les ressentait.

Une nouvelle fois, je m'endormis en essayant vainement de voir le visage de ce jeune homme dont elle était amoureuse.

Mon réveil fut brutal. J'avais l'impression que mon lit venait de se soulever d'un coup. Je demeurai assise, agrippée de chaque côté à mon matelas, crispée.

Le lit se mit de nouveau à tanguer. Je sautai sur le sol, me pris les pieds dans mes chaussures que j'avais laissées traîner et m'affalai. Un court instant, un sentiment de panique s'empara de moi, comme si j'étais soudain à la merci de...

De qui? Mes mains tremblaient, je n'arrivais plus à me relever. Enfin, je réussis à me mettre à quatre pattes, et je me réfugiai dans le fauteuil. Le fauteuil se mit aussitôt à trembler. J'en serrai les accoudoirs de toutes mes forces. Il se renversa. Je me retrouvai de nouveau sur la carpette. Je voyais tout tourner. Je pris ma tête dans mes mains et j'éclatai en sanglots:

— Qu'est-ce que vous me voulez...? Qu'est-ce que vous me voulez...?

Je crois que je bredouillais sans même m'en apercevoir. Les vibrations cessèrent, mes mains s'arrêtèrent de trembler. Une musique emplit la pièce. Quelqu'un jouait du piano. J'essuyai maladroitement mes joues en murmurant encore une fois:

— Qu'est-ce que vous me voulez?

Personne ne me répondit, que les notes du piano. Pas les notes affreuses que l'instrument avait criées sous les doigts de mon père, non. La musique qui montait était harmonieuse. Je ne savais pas de quel morceau il s'agissait, je n'étais pas en état de le découvrir et, d'ailleurs, j'étais très ignorante en musique classique.

J'étais toujours assise en tailleur sur la descente de lit. Je me sentais mieux. J'aurais dû en profiter pour m'enfuir de cette chambre maudite, mais je ne pouvais pas. Je n'en avais même pas envie. Personne ne m'avait fait de mal. J'avais l'impression qu'ON avait seulement voulu attirer mon attention, qu'ON avait besoin de moi. Qui? Pour quelle raison?

Le piano jouait toujours sa musique apaisante. Pourquoi me soufflait-on le chaud et le froid?

— Qu'est-ce que vous me voulez? murmurai-je encore d'une voix éteinte.

Je n'eus même pas l'idée de descendre au salon. C'était inutile et, de toute façon, je savais que la musique s'arrêterait dès que je mettrais le pied hors de cette pièce.

Au matin, reconnaissable seulement à une pâle lueur qui envahissait la chambre, je ne trouvai rien sur les murs. Je n'en fus même pas soulagée. Je m'assis lentement sur mon lit. À cette seconde, quelque chose attira mon attention dehors. Voilà qu'il faisait grand soleil! Je bondis sur mes pieds et j'ouvris la fenêtre. Dans la cour gravillonnée, juste au-dessous de ma chambre, il y avait un cheval noir, qu'un jeune homme — le palefrenier, je le savais — était en train d'atteler à un cabriolet.

Plus loin sur la pelouse, deux enfants jouaient : un garçon assez grand faisait faire des roulades à l'autre, qui était encore presque un bébé. Le petit riait aux éclats. Derrière eux, une sorte de passage voûté s'ouvrait dans une haie soigneusement taillée, et j'apercevais par cette ouverture le jardinier qui déterrait des pommes de terre. Beaucoup plus loin, on devinait les rangées de haricots bien alignées, et les rames des petits pois grimpants.

— Albert, criai-je en faisant un signe de la main.

Le petit garçon s'arrêta de jouer, chercha des yeux le long de la façade de la maison et le grand lui montra du doigt ma fenêtre. Je fis un nouveau signe de la main, et le petit se mit à trépigner de plaisir en riant et en agitant ses bras vers moi.

— Maïlys ! entendis-je.

La porte de ma chambre s'ouvrit.

— Qu'est-ce que tu fais, avec ta fenêtre ouverte par ce temps ? s'exclama maman en se précipitant pour la refermer. Regarde, tu es trempée !

Il n'y avait pas que moi, de trempé. Le plancher aussi, et même ma descente de lit.

— La pluie, prononçai-je en retrouvant mes esprits, c'est très bon pour la peau.

— Oui, grogna maman. Ce n'est pas une raison… Qu'est-ce qui t'a pris ?

J'étais encore sous le choc. Pour me donner le temps de me remettre, j'enfilai sans hâte ma robe de chambre.

— C'est le vent qui a ouvert ma fenêtre, expliquai-je enfin, et je n'arrivais plus à la refermer.

— Mais, Maïlys, regarde ce que tu fais ! Tu es en train de mettre ta robe de chambre sur un pyjama mouillé ! Allez, change-toi vite et descends. Je fais chauffer ton lait.

Tout en m'habillant, je reprenais peu à peu pied dans le réel. J'essayai de ne plus penser à mes terreurs de la nuit. Est-ce que j'étais vraiment Céleste ?

Si j'étais Céleste, pourquoi étais-je incapable de dire le nom du morceau de piano que j'avais entendu ? Comment Céleste pouvait-elle être à la fois cette angoissée qui gémissait dans la nuit, et cette jeune fille gaie qui regardait jouer ses frères ? Je ne trouvais aucune réponse.

Je repensai à Albert bébé. Il avait l'air d'adorer Céleste et Louis (je ne doutais pas de l'identité du « grand »). Et puis je songeai à Albert vieux :

un homme aigri, qui ne prêtait guère d'attention à ses propres enfants.

De fil en aiguille, j'en vins à songer à son attitude vis-à-vis de moi, au nom qu'il m'avait donné, à l'héritage qu'il avait laissé à mes parents. Comment pouvait-il savoir dès ma naissance, ou même supposer… ?

Ah ! Tout était trop compliqué. Et puis quel intérêt avait-il ? Pourquoi m'avoir fait venir ? Quel rôle avais-je là-dedans ?

CHAPITRE XI

— Eh bien, lança mon père en me voyant paraître dans l'escalier, on dirait que tu as eu un sommeil agité !

— Pourquoi est-ce que tu dis ça ?

— Tu te griffes en dormant ou quoi ?

Je lui jetai un regard d'incompréhension, et ma mère crut bon d'expliquer :

— Tu as des marques sur la figure.

Je touchai mon visage, et le contact de mes doigts me brûla la peau. Mes parents ne parurent pas inquiets, ils prétendirent que cela arrivait quand on faisait des rêves mouvementés. Sans leur dire un mot de ma nuit, je me renseignai sur la leur. Eux, ils avaient « bien dormi », c'était tout.

J'insistai :

— Vous n'avez rien entendu ?

— Entendu ? Quoi, par exemple ?

— Par exemple… la pluie.

Mais je n'avais plus besoin de leur réponse, je savais déjà que j'étais seule concernée par la vie souterraine de cette maison. Pour eux, pas de piano, pas de soleil dehors : mes parents n'entendaient rien, ne voyaient rien. J'étais seule dans un monde qui semblait n'appartenir qu'à moi.

Deux vies, j'étais à cheval sur deux vies différentes. Si celle de Maïlys me paraissait claire (pour la bonne raison que je la connaissais de bout en bout), je ne savais pas grand-chose, voire rien, de celle de Céleste. Or, je percevais soudain que le présent de chacun ne peut se comprendre qu'à la lumière de son passé et, pour m'expliquer les scènes de Céleste que je vivais, il aurait fallu que je connaisse sa vie. Alors j'aurais eu moins peur, c'était évident. On peut admettre des événements, même terribles, si on y a été préparé. Je n'étais préparée à rien.

— J'aimerais, dis-je enfin, en savoir plus sur la vie de cette maison, autrefois.

— Je te comprends, acquiesça mon père. C'est vrai, on ne peut pas s'empêcher de se demander : qui a dormi dans cette chambre ? Combien y avait-il de chevaux à l'écurie ? À quoi ressemblait le jardin ?

Je savais à qui appartenait la chambre dans laquelle je dormais, qu'il y avait (avant 1916) deux chevaux à l'écurie, un beau noir et un gros roux; que, devant la maison, on voyait une immense pelouse avec des petits arbres soigneusement taillés et, derrière, une cour, puis une pelouse s'étirant jusqu'à la haie qui isolait le potager.

Je n'en dis rien. Je me contentai de faire remarquer:

— Moi, ce qui m'intéresserait, c'est d'en savoir plus sur Céleste.

— Évidemment, approuva maman. D'abord tu portes son prénom, ensuite elle a eu une histoire bien particulière, avec même un mystère qui plane.

— Malheureusement, s'excusa papa, je ne sais rien de plus sur elle.

— Dans le bahut, suggéra maman, on pourrait peut-être trouver des choses. Il y a là des tonnes de papiers de famille.

— Bon, lâcha papa, puisque ce n'est pas encore aujourd'hui qu'on va se payer un petit pique-nique dans la campagne, on peut s'atteler à ça. La première difficulté va être de l'ouvrir, ce maudit bahut.

Il disparut dans le salon.

On entendit des crissements de clé et des coups sourds destinés sans doute à ébranler la porte. Je demeurai assise à ma place, de manière à ne pas attirer l'attention sur l'intérêt immense que je portais à cette affaire, mais si je m'étais écoutée, je me serais précipitée derrière mon père. Mon attitude relevait d'une telle complication, que j'avais l'impression d'être toute coincée. Maman me tendit une tartine beurrée d'avance, comme quand j'étais petite.

— Rien à faire, grogna papa en réapparaissant à la porte du hall, ce bahut ne veut pas s'ouvrir.

Je me levai alors en lui faisant signe de me laisser faire et m'approchai à mon tour du meuble. Je saisis la clé... qui tourna souplement dans la serrure. La porte bâilla avec bonne volonté.

— Et voilà, dis-je, il suffit d'un peu de doigté.

Bien sûr, je n'en pensais pas un mot.

Sur la table basse, nous avions installé des piles de documents anciens. La plupart étaient des actes de vente, des cartes annonçant des naissances et des mariages, des décès. Je ne sais pas pourquoi, ce sont ces derniers qui m'intéressaient particulièrement. Parce que, sans doute, quand on écrivait une date sur un mur, c'est qu'elle avait une importance dramatique. Bien sûr, « dramatique » ne signifiait pas forcément « tragique », c'est comme pour les pièces de théâtre, et un grand bonheur non répertorié pouvait tout aussi bien se cacher sous cette date.

Je ne trouvai rien sur la période qui m'intéressait — 1916, et en particulier le 12 octobre.

En dehors des faire-part, il y avait des cartes postales (curieusement, pour certaines, on avait écrit le message sur l'image) et des lettres… Des tas de lettres ! Mon cœur se mit à battre : le courrier pouvait fort bien m'apprendre ce que je cherchais !

Notre projet enthousiaste de dépouiller le courrier fut vite freiné par une vague de découragement : l'écriture, même si elle paraissait soignée — avec des *pleins* et des *déliés*, comme autrefois —, était très difficile à lire. L'encre avait pâli et, en plus, nous manquions d'entraînement pour la déchiffrer. Surtout que ces lettres étaient interminables, toutes confites de phrases à l'ancienne (un kilomètre de long), de tournures alambiquées et de formules de politesse ou d'affection tellement convenues qu'elles en étaient horripilantes. Je prétendis qu'il était préférable de les classer par dates — une idée somme toute raisonnable —

ce qui me permit d'en feuilleter la totalité en ne consultant que les en-têtes. À mon grand désespoir, je ne trouvai rien à la date du 12 octobre 1916, et rien non plus dans les jours précédents ou suivants.

Pour midi, nous avions bon an mal an réussi, en épluchant des tonnes de banalités, à déceler quelques informations saillantes : la blessure de Louis pendant la guerre (lettre écrite par un de ses camarades), puis des nouvelles de son rétablissement progressif. Cette information eut pour mérite de me souligner une autre circonstance que je n'avais pas vraiment perçue : en 1916, on était en pleine guerre, la Première Guerre mondiale. Quant à savoir si les scènes que je vivais se situaient cette année-là ou une autre… ?

L'ambiance de sa scène du matin me revint : Louis était bien là, et il n'avait pas encore l'âge de porter les armes. Albert était tout petit. Oui, bien sûr, cette scène se passait AVANT la guerre. Les inscriptions sur le mur n'étaient pas de la même époque. Je vivais donc alternativement, et dans le désordre, des fragments de la vie de Céleste. Cela m'inquiéta plus encore, car je ne pouvais me préparer à rien.

Mon père nota enfin une chose que j'avais remarquée depuis longtemps : il n'y avait aucune lettre de Céleste et aucune pour Céleste.

— Eh bien, dit-il, tu dois être déçue.

Je réfléchis vite à ce que devraient être mes sentiments s'il n'y avait pas tout cet encombrement dans ma tête, et je déclarai finalement :

— Oui, évidemment… j'aurais bien voulu en savoir plus.

Voilà. Il me suffisait d'employer les mots qui me venaient, sans y mettre la passion qui m'habitait, puisqu'il y avait une raison *objective* à ma curiosité.

— Remarque, dit papa, je savais bien que mon grand-père Louis avait été blessé pendant la guerre. Il avait d'ailleurs des cicatrices mal recousues un peu partout. Couture de temps de guerre.

— Il t'a raconté des choses sur cette période ?

— Mon grand-père ne parlait jamais de la guerre. Jamais.

— Pourquoi ?

— Longtemps, j'ai cru que c'était par simple modestie. Et puis j'ai réfléchi : pour ceux qui ont vraiment vécu sur le front, au milieu des combats, dans le sang et la peur, le souvenir doit en être intolérable. Il s'est forcément passé des choses…

Enfin aucun être humain digne de ce nom ne peut être fier de ce qu'il a fait en tant que soldat.

J'étais un peu ahurie : « Soldat », pour moi, avait toujours été synonyme de « courage », « vaillance », « sacrifice ». Mon père reprit alors :

— Ça t'étonne ? Tu sais, pendant tout le temps que tu subis le bourrage de crâne qui t'oblige à voir derrière un autre être humain un « ennemi », tu peux tuer. Surtout par peur d'être toi-même tué. Petit à petit, tu t'habitues à côtoyer des cadavres, à voir mourir tes amis, tu t'habitues même à l'idée de ta propre mort. Tu ne penses plus. Mais une fois que tu sors de cet enfer, tu t'aperçois que, dans un conflit dont tu ne comprenais pas grand-chose, tu as tué des gens qui eux-mêmes se trouvaient par hasard en première ligne dans un conflit où ils n'étaient pour rien. Pour les soldats qui en reviennent, c'est terrible. Terrible de découvrir la bête qui est en eux. Terrible de découvrir qu'il a suffi qu'on leur dise « va et tue » pour qu'ils le fassent. Une fois, mon grand-père m'en a dit quelques mots, quand il était très vieux, et il en avait encore la gorge nouée. Il m'a simplement raconté qu'il avait tenu un carnet, au début de la guerre, une sorte de journal, et qu'il s'était arrêté par honte de ce qu'il aurait eu à y écrire.

— Ce carnet, tu l'as vu ?

— Jamais. Il s'est perdu, je pense.

— Et l'oncle Albert, il l'a faite, cette guerre ?

— Il était trop jeune. Il était né en 1907 et n'avait que onze ans à l'armistice.

Je demeurai songeuse. 1916… Tous les jeunes étaient mobilisés. Et le « copain » de Céleste, il n'était pas soldat, lui ?

CHAPITRE XII

J'étais affreusement déçue d'avoir si peu appris. Décidément, la maison aux cinquante-deux portes garderait ses secrets.

Cinquante-deux... Y en avait-il vraiment cinquante-deux ? Et si je vérifiais ? Je n'avais de toute façon rien d'autre à faire pour m'occuper.

Je commençais mon enquête par le sous-sol, parce que c'était le plus simple : les portes étaient alignées au garde-à-vous de chaque côté d'un couloir central.

Au moment où j'arrivais à la dernière porte des caves, j'aperçus par la fenêtre papa qui filait vers la voiture. L'eau giclait autour de lui. Il y en avait maintenant une vraie nappe qui noyait littéralement la propriété. Heureusement, la maison se trouvant en hauteur, nous ne risquions pas l'inondation.

Papa courait, les épaules un peu voûtées pour se protéger de la pluie, et je me demandais soudain pourquoi on arrondissait ainsi le dos sous les intempéries. Pour se protéger le ventre? Est-ce que seul le ventre était important?

Alors, on aurait finalement un côté pile et un côté face, et le côté pile — le dos —, on s'en ficherait? Juste parce qu'on ne le voit pas?

À quoi ça sert, le dos? À s'appuyer, à s'allonger. Juste une armature, en somme. Le côté face assure notre survie. Respirer. Manger. Voir. Sentir. Échanger avec les autres en parlant, en souriant, en grimaçant, en embrassant, en donnant des gifles ou des coups de pied… J'en étais là de mes cogitations lorsque je vis mon père ressortir de la voiture et reprendre sa course vers la maison. Je remontai.

— Eh bien! s'exclama-t-il tout essoufflé en retirant son ciré. J'ai entendu la météo à la radio de la voiture: il fait beau partout!

— Ça veut dire que le soleil ne va pas tarder à se montrer, s'exclama maman pleine d'espoir.

— Ma parole, on a un microclimat, ici! ajouta papa. On se croirait en octobre.

En octobre? Se pouvait-il que ce temps pourri soit… celui du 12 octobre 1916? Allons…

— Qu'est-ce que tu fais, Maïlys?

— Euh… je compte les portes.

— Pour savoir s'il y en a bien cinquante-deux? demanda mon père. Bonne idée! Ça ne mange pas de pain et ça occupe sainement.

— Tu ne les auras pas toutes, observa maman. Parce que dehors...

— Oh! si, on les aura toutes! décréta papa.

Je remarquai qu'il avait dit « on », et se considérait donc comme partie prenante dans cette affaire. Il saisit de nouveau son ciré qui gouttait encore sur le carrelage et décréta:

— Je vais compter celles de l'écurie, de la buanderie, du bûcher, de l'appentis...

Il sortit.

Moi, mon carnet et mon crayon à la main, j'entrepris de vérifier le rez-de-chaussée.

— Sept! lança mon père en faisant une réapparition tout aussi dégoulinante dans le hall.

Et, tandis que j'ajoutais sept traits sur ma feuille, il annonça:

— Maintenant, je vais voir le grenier et les chambres de bonnes.

Il me paraissait excité comme un gosse. Lui aussi, finalement, il aimait bien jouer au Mystère. Je déclarai, moi, que j'allais m'occuper du premier.

Les chambres, je les connaissais déjà. La disposition était la même que pour les caves (avec une porte donnant sur le couloir) à l'exception des pièces du bout, où on ne pouvait entrer qu'en venant de la chambre voisine.

Je comptabilisai ma chambre en dernier. Elle était simple et aucune autre porte n'y ouvrait. Je m'assis sur mon lit pour faire les additions. J'arrivai à trente-trois.

C'est en relevant les yeux que je vis soudain l'armoire, en face de moi, une armoire superbe et bien cirée. Ce fut très bref. L'instant d'après, il n'y avait plus rien. J'expirai une petite bouffée d'air pour évacuer l'émotion. Cette armoire, c'était bien celle de ma chambre, mais dans un état autrement rutilant, et à une autre place, puisque, maintenant, elle se dressait à côté de mon lit.

Cette armoire aujourd'hui terne et un peu boiteuse ne contenait que des piles de draps. Pourtant, si cette armoire avait été celle de Céleste… Je courus l'ouvrir.

Aucune surprise : pas le moindre vêtement, pas le moindre objet. Je soulevai néanmoins les draps un par un et glissai même la main derrière.

J'en restai le souffle court. Là… caché, il y avait quelque chose.

C'était un petit paquet de lettres, quatre exactement, attachées par une ficelle, et adressées à un certain Joseph Housson, 173e régiment d'infanterie, 15e compagnie. Verdun.

Cette adresse était barrée d'un grand trait, et on avait écrit dans le travers : « *Décédé. Retour à l'expéditeur.* »

Qui était ce Joseph ? Ça ne pouvait pas être l'ami de Céleste : lui était resté vivant puisque, par la suite, il avait « enlevé » Céleste.

Sans égard pour le secret du courrier personnel, j'ouvris les enveloppes. Ma déception fut à l'égal de ma curiosité : il n'y avait rien. Bon sang ! La date de la poste… « 10.16 ». Ça voulait dire octobre 1916 ?

— Maïlys, j'ai fini ! cria mon père, depuis le couloir. J'ai fait aussi le second étage. Je t'attends en bas !

Je remis les enveloppes en place, refermai l'armoire et m'assis sur mon lit.

Il faisait sombre. La voix de mon père avait suscité en moi une question qui ne m'avait jusque-là pas préoccupée : en admettant que le gémissement et les cris de la première nuit ne soient pas un pur produit de mon imagination, étaient-ils le fait d'une seule et même personne ? Car l'appel, le nom de Céleste prononcé… il m'avait semblé que c'était par une voix d'homme.

Une voix d'homme…

Si cette scène était vécue par Céleste, la voix appelait vraiment, là, quelque part, dans le jardin, dans le couloir. Dans ce cas, il me semblait que j'aurais dû l'entendre plus clairement, comme je venais d'entendre celle de mon père. Or, la voix de la nuit m'avait paru étouffée, aussi étouffée que les gémissements. Comme si elle venait de partout et de nulle part.

Je n'avais aucune réponse, à rien. Je repris mon bloc de papier et descendis rejoindre mes parents.

Papa racontait qu'il avait eu un peu de mal au grenier où il n'avait d'abord trouvé que deux portes. Ce n'est qu'en enjambant des vieilles malles et en se battant contre des toiles d'araignée qu'il avait découvert deux autres réduits. Avec les portes des chambres de bonnes, ça faisait huit.

— Si on veut faire l'inventaire, là-haut, s'exclama-t-il, il y en a pour des années ! Au second, tu ajoutes dix portes.

Je comptais et recomptais.

— Rien à faire : trente-trois plus dix-huit, ça ne fait que cinquante et un. Cinquante et une portes. On a dû en rater une quelque part.

Maman soupira. Je crois qu'elle se moquait complètement des portes. Elle regardait dehors.

— J'espère que les éclaircies sont pour bientôt. Quelle heure est-il?... Quatre heures, et on n'y voit pas mieux qu'à huit heures du soir! Et puis, il me prend des envies de yaourts et de framboises...

— Il y en a au potager, fis-je remarquer.

— Quel potager?

Je mesurai aussitôt ma bêtise.

— Quel potager? répétai-je, le temps de chercher une idée. Celui de la maison, évidemment. Toutes les maisons avaient un potager, autrefois... Bon, c'était une blague... Décidément, vous avez perdu le sens de l'humour.

Sur le moment, mes parents ne répondirent pas. Je les sentais mal à l'aise. Tout était de ma faute. Il fallait que je fasse très attention.

Enfin, pour détendre l'atmosphère, mon père s'écria :

— Le pire, c'est qu'elle n'a pas tort. Il y avait un potager, autrefois, de l'autre côté de ce qu'il reste de haie, derrière la maison.

Pour achever de tout ramener dans l'ordre, je précisai :

— C'est exactement ce que j'ai lu dans un roman qui se passe au début du siècle, sur un domaine de ce genre. Il y avait un bûcher, une buanderie, un potager, des greniers pleins de mystères, une écurie.

J'étais assez satisfaite de mon invention, qui gommait, d'un seul coup d'un seul, toutes mes maladresses passées, présentes… et à venir. J'ajoutai même pour enfoncer le clou :

— Dans cent ans, quand les lecteurs liront les romans d'aujourd'hui, ils diront sans les avoir jamais vus de leurs yeux : les appartements étaient petits, avec généralement deux ou trois chambres, un salon-salle à manger, une cuisine avec un évier à deux bacs, une machine pour laver le linge et une pour la vaisselle, un vide-ordures, une cuisinière, un four, un four à micro-ondes et puis une salle de bains, des W-C.

Je n'étais pas sûre d'avoir raison d'insister là-dessus : mes parents étaient loin d'être idiots, et trop de justifications ne pouvaient que me nuire. Heureusement, ils étaient déjà préoccupés par autre chose.

— À propos de W-C, interrompit maman, ceux-ci sont *à la turque*, ce qui n'est pas mal pour l'instant, compte tenu du manque d'eau, mais j'aimerais bien qu'on les remplace par un système à cuvette… Et pour la salle de bains, une douche ne serait pas du luxe. Qu'en pensez-vous ?

Je notai mentalement que maman avait pris son parti de s'installer définitivement ici. Et curieusement, alors que j'avais tout fait pour éviter notre départ en ne racontant rien de mes visions, je me sentis définitivement engluée dans le piège.

CHAPITRE XIII

Nous avions mangé de bonne heure et, au coin du feu, je tentais de déchiffrer des lettres, histoire de voir si je trouvais quelque part le nom de Céleste. J'aurais donné cher pour savoir ce qu'elle était devenue après sa fuite. Je me disais que si Albert avait voulu me transmettre son prénom, c'est qu'il tenait beaucoup à sa sœur aînée. Et alors… Elle ne lui avait jamais écrit? Jamais donné de nouvelles?

— Ma foi, admit papa, c'est étrange, en effet, mais moi, je n'ai jamais rien su. Je te l'ai dit, j'ignorais tout de cette tante Céleste. Autrefois, les histoires de famille, c'était motus et bouche cousue. Surtout si une fille la déshonorait en s'enfuyant avec un homme.

— Pourquoi spécialement les filles?

— Les mœurs du temps… Pense que les femmes portent les enfants: on les surveillait donc étroitement pour que, le jour où elles seraient mères, on puisse être certain de l'identité du père. D'ailleurs, les hommes n'étaient pas franchement libres non plus, tu sais, parce que la famille tenait à choisir personnellement leur femme.

— Une femme « bien », ajouta maman, pour cette même raison : on voulait être sûr que, dans les veines de son enfant, coulerait bien le sang de la famille.

— On dirait, protestai-je, que les femmes ne sont faites que pour porter les enfants !

— C'était autrefois, lança papa en riant. Rassure-toi : personne n'imagine que ce sera ton but unique dans la vie, ma puce. Ça explique seulement que, tout bien considéré, il était plus simple d'avoir des garçons. C'est ce que disait mon père. Un jour, il a même ajouté : « Les filles dans la famille, il n'y en a pas eu beaucoup, et elles étaient toutes un peu médiums. Souvent, ça complique plus que ça n'aide. »

— Qu'est-ce que ça veut dire, « médium » ? demandai-je.

— Euh… Eh bien… C'est quelqu'un qui est censé communiquer avec l'esprit des morts, ou quelque chose comme ça.

J'étais stupéfaite :

— Et toutes les femmes de la famille l'étaient ?

Papa ne répondit pas à la question. Il dit seulement :

— Quand tu avais quatre ou cinq ans, oncle Albert nous a téléphoné un jour pour prendre de tes nouvelles. Et il a fini par nous demander en riant : « J'espère qu'elle n'entend pas des voix, comme les autres femmes de la famille. »

— Qu'est-ce que tu as répondu ?

— J'ai répondu que non, bien sûr.

Je soupçonnais l'oncle Albert d'avoir utilisé une tournure de phrase négative (« j'espère qu'elle n'entend pas ») pour savoir si j'étais médium, car j'étais maintenant certaine qu'il espérait une réponse positive. Avait-il cru celle de mon père ? Avait-il pensé qu'on pouvait lui cacher quelque chose ?

— Pourtant, intervint ma mère. Est-ce que tu te rappelles… à la mort de ton grand-père ?

— C'est vrai, mais on n'en a jamais été sûr.

Je trouvais leurs phrases inachevées très agaçantes.

— Qu'est-ce qui s'est passé ? demandai-je avec un peu de brusquerie.

— Eh bien… Tu avais quatre ans. Tu nous as dit : « Pourquoi grand-père Louis il est mort ? » J'allais te répondre que mon grand-père n'était pas mort, quand le téléphone a sonné pour m'annoncer son décès : on venait de le retrouver inerte dans son fauteuil.

— Tu n'avais que quatre ans, rappela maman, et on a pensé à un hasard : peut-être que, dans ta classe, un enfant venait de perdre son grand-père, ou quelque chose comme ça.

— Même si c'était une sensation que tu avais eue, reprit papa, est-ce qu'on peut parler de médium ? En Bretagne, autrefois, on prétendait que cela arrivait souvent. On appelait ça des *intersignes* : l'annonce d'une mort au moment où elle se produit, même très loin. On disait que les femmes de marins connaissaient la disparition de leur mari bien avant qu'on vienne la leur annoncer.

Je m'informai avec un peu d'anxiété :

— Et depuis mes quatre ans, il n'est rien arrivé de bizarre ?

— Rien. À moins que tu ne nous aies caché quelque chose...

Je fis un signe d'ignorance assez bien imité, comme si je ne voyais pas du tout de quoi ils voulaient parler.

— Quand tu as évoqué le bûcher, puis la buanderie et le potager, nous avons eu une petite frayeur... mais heureusement, ce n'était qu'une fausse alerte.

Je n'écoutais plus : je n'étais pas venue ici dans une autre vie, je n'étais pas une réincarnation de Céleste, j'étais simplement médium. Et j'entendais, et je sentais Céleste. Par instants, je pouvais même ÊTRE Céleste.

Si les visions que j'avais dans la journée étaient d'une grande sérénité, c'est qu'il s'agissait simplement de signes envoyés par elle. Des signes pour que je la connaisse, que je la comprenne. Le soir, c'était différent. Le soir, parlait le monde des esprits qui disaient leur souffrance.

Si j'avais compris ça, cela ne résolvait pas la question de savoir pourquoi l'oncle Albert espérait que je serais médium, et pourquoi il m'avait envoyée ici.

… À cause de Céleste, cela me paraissait évident. Mais qu'est-ce que je pouvais pour elle ? Elle était évidemment morte, puisque son esprit me parlait. Que peut-on pour un mort ?

Papa remit une bûche dans la cheminée, puis il prit un air mystérieux en soulevant son pull, derrière, pour retirer un objet de sa poche revolver.

— Et voilà quelque chose qui va vous intéresser. Je le gardais pour la bonne bouche…

Il avait en main un petit carnet de cuir noir, vieux et usé, écorné aux coins, dont la couverture était percée au milieu.

— Je l'ai trouvé au grenier. Et ça, ajouta-t-il en désignant le trou, c'est le signe de reconnaissance : le signe qui m'assure que c'est le bon carnet.

— Le carnet de guerre de ton grand-père ?

— Lui-même. Mon grand père m'avait parlé de ce trou. Vous savez ce que c'est ? Un trou fait par un éclat d'obus, à Verdun, en 1916.

Je relevai évidemment la date, et aussi le nom de Verdun, comme sur les enveloppes. Mais les enveloppes ne portaient pas le nom de Louis, et je n'arrivais pas à croire que l'inscription en lettres de sang puisse concerner mon arrière-grand-père. Lui avait eu une vie longue et heureuse : après avoir été soigné sur le front puis à l'hôpital, il avait été envoyé par ses parents en convalescence en Angleterre. C'est là qu'il avait épousé une Anglaise, qui était devenue mon arrière-grand-mère.

— Et savez-vous, reprit papa, où il le mettait, ce carnet ?… Dans la poche intérieure gauche de sa veste. Et l'éclat d'obus s'est planté dedans ! Dans la poche gauche, juste à l'endroit du cœur ! Il m'a dit plusieurs fois que ce carnet lui avait sauvé la vie.

Mon père l'ouvrit à une page au hasard et lut :

« *Vendredi 18 septembre 1914*

Descendus du train vers cinq heures, nous avons pris à pied la direction de Verdun sous une pluie fine et pénétrante, par des chemins détrempés. »

Il s'interrompit un instant pour préciser :

— Je vous lis juste quelques passages.

« *On enfonçait dans la boue jusqu'aux chevilles. Ciel toujours nuageux, de temps en temps des averses, marche très difficile sur les routes boueuses.*

... Nous nous couchons, et avec nos outils, nous commençons à creuser une tranchée. On travaille vite, car on a froid et on veut se trouver le plus rapidement possible à l'abri des balles. Notre tranchée étant terminée, on nous fait prendre nos sacs et on nous porte à 200 mètres plus à gauche, dans des tranchées qui existaient déjà !!!

... Vers une heure, nos cuisiniers apportent la soupe. Est-ce qu'ils ne se rendent pas compte que c'est le véritable moyen de montrer nos positions à l'artillerie ennemie ? Les hommes, voyant la soupe, sortent des tranchées malgré les recommandations des chefs. Le résultat ne se fait pas attendre : un obus éclate à deux cents mètres en avant de nous. Chacun se terre, mais trop tard. Les obus sifflent sur nos têtes. Nous ne sommes

pas à la noce. Nous nous apercevons que c'est l'artillerie française qui tire sur nous !!! »

— C'est incroyable, ça !

— Incroyable mais vrai, dit mon père. On évite de l'ébruiter parce qu'il faut continuer à donner l'impression que la guerre est une action noble, faute de quoi elle serait intolérable. Ce qui est sûr, c'est que la longueur du tir était souvent mal réglée, qu'on ignorait la plupart du temps la position des troupes, et que l'information laissait à désirer. Ça explique qu'on pouvait tirer sur sa propre armée sans le savoir.

— Et ceux qui se retrouvaient avec une jambe ou un bras en moins à cause d'un obus de leur camp ! C'est révoltant. J'espère qu'ils ont fait un procès !

Mon père rit :

— Un procès ! Tu ne connais pas l'armée, surtout à cette époque ! Du reste, même si quelqu'un est mort d'une balle tirée par un copain, il vaut mieux le taire : rien ne le ressuscitera, et les familles préfèrent penser qu'il est mort en héros plutôt qu'en victime. Je continue :

« Il fait nuit et un froid de loup. Nous sommes accroupis dans la tranchée, où l'on est fort mal. Je suis plié en trois et ne puis bouger. Je ne sais comment je pourrai marcher quand il le faudra. Nous nous gardons bien de lever la tête

de crainte de nous signaler à l'artillerie ennemie.
Voilà deux jours et deux nuits que nous sommes
ici. Nous relèvera-t-on ce soir ?

... On ne nous a pas relevés ; on nous a dit
que les Allemands devaient nous attaquer dans la
nuit. La consigne était de résister coûte que coûte,
qu'il fallait, au besoin, mourir sur place. Nous
tirerons le plus que nous pourrons, puis nous les
recevrons à la baïonnette. Chacun est calme et
attend. Je n'ai même pas d'émotion, par contre
nous avons froid sous la rosée de la nuit. Par
extraordinaire, le ciel est clair.

... Les obus se suivent, rapides, soulevant
des trombes de fumée noire et de terre. L'un
d'entre eux tombe au beau milieu de la tranchée.
La position n'est plus tenable. C'est sans doute
une batterie de gros obusiers qui tire : elle envoie
ses quatre obus à la fois. En une demi-heure, il
doit être tombé sur nous plus de cent obus. Les
hommes sortent des tranchées et fuient en s'égail-
lant, les uns se dirigeant vers la crête de la butte
pour gagner l'autre versant, les autres vers un
bois qui se trouve sur la droite des tranchées.
Mauvaise idée. Un obus éclate à environ trois
mètres à ma gauche, un peu de terre précédée
d'une bouffée d'air m'atteint, mais je n'ai aucun
mal. Un autre arrive à environ six mètres à ma
droite, et un morceau de fer et de plomb presque

aussi gros que mon poing arrive à mes pieds. Je
cours afin de me mettre hors de la portée des
canons ennemis. Les détonations s'espacent der-
rière moi puis elles cessent tout à fait. Ce qui
reste du bataillon est sauvé, mais en reste-t-il
beaucoup ? »

Papa tourna la page et une feuille tomba du
carnet. Il la ramassa et lut :
« *Ma petite Céleste,*
Je veux te le dire à toi, rien qu'à toi. Je sais
que le moment où tu liras ces lignes sera terrible
pour toi, et je voudrais être là pour te soutenir,
car je sais combien tu es seule... Cela me torture
d'avoir à te l'apprendre, mais Joseph est mort. »
Il y eut un silence, puis papa soupira :
— Elle n'a sans doute jamais reçu cette
lettre. Mon grand-père a été blessé ce jour-là et
son courrier n'est apparemment pas parti.
— En tout cas, fit remarquer ma mère, elle
en avait des amis, ta grand-tante ! Parce que ce
Joseph n'est visiblement pas le garçon avec qui
elle s'est enfuie.
— Ça me fait penser, fit mon père d'un ton
songeur, qu'il y a des incohérences dans cette
histoire : il me paraît difficile de fuir avec un
homme en pleine guerre, pour la simple raison
que tous étaient mobilisés. Leur fuite n'a certai-

117

nement pas eu lieu à cette date, le gamin s'est trompé, ou alors c'est moi qui ne me rappelle pas bien.

Le gamin ne s'était pas trompé, j'en avais la certitude : si Louis écrivait en personne à Céleste à propos de la mort de Joseph, c'est qu'il y avait une raison. Et les courriers qui avaient été retournés par l'armée avec la mention « *Décédé* » appartenaient bien à la jeune fille. Elle avait écrit à ce garçon, plusieurs lettres, puisque quatre au moins étaient revenues. J'étais de plus en plus persuadée que l'homme qu'elle aimait était ce Joseph… Et pourtant, elle n'avait certainement pas pu partir avec lui !

Les gémissements que j'entendais dataient-ils de la dramatique nouvelle de cette mort ? Avait-elle fui par désespoir ? Parce qu'elle aussi entendait la voix criant son nom dans la nuit ?

Mon père reprit la lettre, la relut plusieurs fois et décréta :

— Je parierais qu'il a été fusillé, ce Joseph.

— Pourquoi ? demandai-je avec une sorte de terreur.

— C'est vrai, dit maman d'un ton de reproche, tu es quand même bizarre. Je croyais que c'étaient les femmes, qui avaient des visions, dans votre famille !

118

Mon père se mit à rire :

— Des visions ! Tout de suite les grands mots ! Disons juste : la culture, mes chères amies. J'ai eu entre les mains des ouvrages concernant la Première Guerre, j'y ai vu des lettres, eh bien, je peux vous le dire, jamais on n'annonçait une mort de cette façon… sauf si elle n'était pas très honorable. On disait : « Il est mort en héros » ou « pour son pays, pour sa patrie », etc. Des mots qui pouvaient adoucir l'affreuse nouvelle. Ce genre de courrier, là, se réfère à des morts « sans honneur ». Les fusillés. C'est que, pendant la guerre, on ne plaisantait pas : une rébellion, une désertion, et Pah ! Peloton d'exécution. Dix balles dans le corps. Bon… J'ajoute le petit passage que, traîtreusement, je ne vous ai pas lu :

« Ne crois pas ce qu'on te dira à ce sujet. Je ne comprends pas bien ce qui l'a poussé à faire ça, mais je sais que ce n'est pas par lâcheté. »

Fusillé. Joseph avait été fusillé. J'en étais atterrée.

Et dans ma tête, j'entendis les cris de la nuit :

— Céleste ! Céleste !

CHAPITRE XIV

Mon père venait de finir la lecture à haute voix du carnet de son grand-père. Ça s'arrêtait en 1915. Ensuite, d'après papa, le jeune soldat était trop dégoûté de la guerre, il ne voulait plus parler de ce qu'il voyait, de sa vie, des tranchées, du froid et de la pluie, des têtes arrachées et des bras gisant dans la boue, de l'horreur.

Sans s'en apercevoir, on avait laissé tomber la nuit sur la maison. La pendule du hall sonna dix coups.

Je sursautai :

— Il est déjà dix heures !

Papa consulta sa montre :

— Tu as raison, dit-il. Dix heures !

Et je vis qu'il n'avait pas entendu la pendule, et qu'il croyait certainement que j'avais regardé ma montre.

— Il fait sombre, remarqua maman. On ne va rien y voir, dans les chambres.

Papa déclara alors :

— Il y a une lampe à pétrole, dans la cuisine, avec une bonne réserve de combustible. Maïlys pourrait la prendre…

Je tressaillis :

— Non, non, dis-je très vite. Je connais le chemin par cœur.

Je ne voulais pas de cette lampe, je n'en voulais pas ! Elle me faisait peur.

Je gagnai le fauteuil de ma chambre à tâtons. Je me refusais à m'allonger dans mon lit, je savais qu'il ne me laisserait pas en paix. Céleste était là, quelque part, esprit flottant dans le néant. Depuis que je savais que je n'étais pas sa réincarnation, j'étais soulagée. D'actrice, je devenais spectatrice, et cela me parut sur le moment plus confortable.

J'avais froid. J'enfilai ma robe de chambre et m'assis près de la fenêtre. Il me semblait que, souvent, Céleste avait dû s'asseoir là. Je posai mes mains bien à plat sur les accoudoirs. Albert m'avait envoyée ici pour que je puisse parler avec sa sœur. Pour quelle raison ? C'est ce que j'allais savoir.

J'étais médium ou quelque chose de ce genre. J'ignorais comment cela fonctionnait, mais je voyais des scènes, j'entendais des mots, et je pensais qu'avec un peu de concentration je pouvais agir sur ce don. En fait, je voulais arriver à prendre contact avec Céleste mieux que par ces flashs angoissants que je n'arrivais pas à maîtriser.

Je fermai les yeux et j'attendis. Je songeais à Céleste, telle que je l'avais vue sur la photo. Elle était assise à une table... Je me rendis soudain compte que ce n'était plus la photo, que j'avais devant les yeux. Dans la main droite, Céleste tenait un porte-plume, au-dessus d'une feuille de papier à lettres. Elle n'écrivait pas. Elle pleurait.

Un pâle halo éclairait la feuille, le halo d'une lampe à pétrole... Oui, c'était exactement celle que je n'avais pas voulu prendre.

Derrière elle se tenait un homme, raide, l'œil sévère.

— Je vous en supplie, père, dit alors Céleste entre ses sanglots, ne m'obligez pas.

Pour toute réponse, l'arrière-grand-père Edmond (je le reconnaissais fort bien) tendit son doigt vers la feuille.

— Je ne veux pas écrire ! insista Céleste avec désespoir.

Avant que je ne puisse réaliser ce qui se passait, Edmond assena à sa fille une gifle magistrale qui l'envoya rouler sur le plancher. Le visage sombre et furieux, il se pencha alors pour la relever brutalement et l'obliger à se rasseoir.

— Écris ! ordonna-t-il d'un ton ulcéré. Écris : 15 septembre 1916.

Céleste reprit lentement son porte-plume et, toujours pleurant, elle traça les mots dictés par son père :

« *Joseph, je crois que tout ce qui s'est passé entre nous était une erreur. Je me rends compte maintenant que je ne désire pas passer ma vie avec toi, et que je ne t'épouserai pas. Tu auras peut-être un peu de peine de l'apprendre, mais tu te consoleras vite et, plus tard, tu me remercieras. Céleste.* »

Le père se saisit aussitôt de la lettre et la relut silencieusement. Puis il la plia en trois et la reposa :

— Écris l'adresse.

Quand la plume s'arrêta de crisser sur le papier, le père ôta le verre de la lampe pour faire fondre à la flamme un bâtonnet de cire. Il déposa un peu de matière fondue sur la lettre pour la fermer et, saisissant la main de Céleste, appliqua de force sa bague sur la cire encore chaude. La bague, je ne la voyais pas, et pourtant je savais qu'elle portait un sceau représentant un cheval cabré.

La terreur me serrait le cœur comme elle devait serrer celui de Céleste, j'éprouvais ce qu'elle devait éprouver, mais je me trouvais *ailleurs*, et je ne pouvais tenter le moindre geste.

Edmond sortit de la chambre et tout s'effaça devant mes yeux. Il ne restait plus qu'une table encrassée dans un coin et une chaise recouverte d'une tapisserie râpée.

Un moment, j'essayai par la force de mon esprit de rattraper les personnages pour savoir ce qui s'était passé ensuite. Malheureusement, ils avaient bel et bien disparu.

J'étais dans un état de douleur indescriptible. Je ne pouvais pas me résoudre à regagner mon lit. Je finis par tirer une couverture de la literie, je m'enroulai dedans et m'allongeai sur la carpette usée.

Quand je me réveillai, il faisait encore nuit mais je me sentais mieux, comme si j'avais pris une décision. Je me rendis compte que la fenêtre venait de s'ouvrir en grand. C'est sans doute ce qui m'avait tirée du sommeil. Dehors, il bruinait. Je crus sur le coup que je me trouvais dans le monde de Maïlys et que le temps s'améliorait un peu.

Je me levai pour refermer le battant le plus vite possible, lorsque j'aperçus des lueurs, dehors.

À la lumière d'une lanterne qui semblait se promener dans la cour, je devinais la haie, une haie bien taillée. Je me penchai : au-dessous de moi, il y avait un jeune homme, le palefrenier. Je le reconnaissais, je l'avais déjà vu avec le cheval noir. C'était lui qui tenait la lanterne. Il disait :

— Je le ferai. Je vous assure, mademoiselle Céleste, je le ferai. Non, je ne veux pas de votre argent. Gardez-le, vous pourrez en avoir besoin.

— Comment allez-vous vous y prendre ?

— Ne vous tracassez pas. Aux premières lueurs du jour, j'enfourche le vieux cheval et je suis les instructions de votre père : je ne vais pas poster la lettre au village, mais à la ville, pour qu'elle parte plus vite. La ville, c'est grand, et des montagnes de lettres transitent par sa poste. Personne ne saura dire si la vôtre était ou non au courrier en partance. Ne vous faites aucun souci.

— Je vous en prie, Adrien : brûlez-la soigneusement, qu'il n'en reste rien, et que mon père ne puisse jamais savoir.

— Il ne saura rien, affirma le jeune homme.

Je refermai la fenêtre, tout avait de nouveau disparu.

J'étais soulagée, avec tout de même un soupçon d'angoisse persistante au fond du cœur, et qui y resterait sans doute jusqu'au retour du palefrenier. La lettre que Céleste avait écrite sous la pression de son père ne parviendrait pas à Joseph. Je m'assis dans le fauteuil et m'endormis.

La lumière du jour finit par me tirer du sommeil, j'avais toujours cette même inquiétude qui me taraudait le cœur. Pourvu que le palefrenier… !

Je sortis de ma torpeur. Oui, le palefrenier avait détruit la lettre mais, finalement, Edmond avait quand même gagné, puisque Joseph était mort.

Je ne me sentais pas bien. Pas bien. J'avais de la peine à respirer. Il me manquait quelque chose, j'étais certaine que cette histoire n'était pas finie. Toutefois le jour était venu, et le jour n'appartenait pas aux esprits errants.

Je descendis péniblement l'escalier. Quelqu'un venait des cuisines avec une théière bouillante… c'était mon père. Quelqu'un était assis à table et beurrait des tartines, c'était ma mère. L'un et l'autre m'apparaissaient comme de parfaits étrangers.

CHAPITRE XV

C'est avec un mélange d'espoir et d'appréhension que j'attendis le soir. Arriverais-je à entrer de nouveau dans le monde de Céleste? Qu'est-ce que j'y apprendrais?

Ce qui me faisait le plus peur, c'était de devoir vivre le moment où, ayant apparemment réussi à faire envoyer en cachette des lettres à Joseph, Céleste recevrait en retour celles qui étaient barrées de cet horrible mot: *Décédé*.

Maintenant, toutes les heures, j'entendais sonner la pendule. J'essayai de faire comme si de rien n'était. L'humeur de papa était de plus en plus massacrante: il avait épuisé, disait-il, les plaisirs du retour dans le passé à travers les photos et les lettres, il avait envie de présent, il avait envie de manger du sorbet à la fraise, de regarder les informations à la télé et de tapoter sur son ordinateur. Maman, elle, faisait des plans pour la nouvelle cuisine, réfléchissait à la couleur des carreaux qu'elle mettrait sur les murs, au meilleur emplacement pour l'évier, pour l'arrivée d'eau…

Moi, j'étais comme suspendue dans le temps. Je n'arrivais pas à faire de projets d'avenir comme maman, je n'attendais pas la fin de la pluie comme papa. J'étais ailleurs.

J'avais regagné ma chambre rapidement en prétextant la fatigue. En fait, je voulais prendre le temps de me concentrer, pour ne pas risquer d'être entraînée malgré moi vers des épisodes que je n'avais aucune envie de vivre.

Je m'assis dans le fauteuil comme la veille et attendis, en faisant défiler devant mes yeux toutes les images que j'avais vues jusqu'à présent, et surtout le départ du palefrenier, pour tenter de renouer le fil à cette minute de l'histoire. Je n'arrivais à rien.

Je dus m'assoupir un instant, car le cri — celui que je redoutais tant — me prit au dépourvu. Atroce. Un cri déchirant. Au même moment, j'entendis la pluie qui frappait mes carreaux avec une violence invraisemblable, la tempête qui soufflait dehors comme une furie. Et le vent semblait porter des mots :

« … Céleste… ! Céleste… ! »

Ces cris pleins de terreur et de désespoir, je les connaissais déjà. C'était une voix d'homme, celle de Joseph. Je le savais. Je le savais.

J'étais en sueur. Mes lèvres tremblaient. La voix se fit de plus en plus faible, puis se tut tout à fait.

Je sortis d'un coup de cette transe affreuse et repris pied dans le réel en m'épongeant le visage dans un coin de drap.

Je me rendais compte que, cette fois, si je n'avais pas vu Céleste, c'est que j'étais DEVENUE Céleste. Et en même temps il m'apparaissait que, puisque j'étais en elle à cette seconde, elle avait bien, de son vivant, perçu les cris et les appels. Mon arrière-grand-tante était donc elle aussi médium. Et elle avait entendu la voix… la voix de Joseph, qui l'appelait. C'était le 12 octobre 1916. On l'avait fusillé à l'aube.

Pourquoi ? Pourquoi ? Je me répétais ces mots avec désespoir. Pourquoi avait-on fusillé Joseph ? Je m'assis en tailleur sur la carpette et essayai de respirer. Il ne fallait pas que je reprenne à mon compte le drame de Céleste. Il fallait que je me mette bien dans la tête que cet homme était mort depuis près d'un siècle. C'est alors que j'entendis des claquements, du côté de la fenêtre. Je me glissai jusque-là. J'étais vêtue d'une drôle de chemise de nuit, blanche, qui me descendait jusqu'aux pieds, ornée en bas d'un petit volant.

Dehors, il y avait un jeune homme, le palefrenier, qui rentrait les chevaux à l'écurie. J'eus l'impression que c'était lui qui avait jeté des cailloux dans mes carreaux pour attirer mon attention, et pourtant, il s'éloignait maintenant sans regarder de mon côté. J'ouvris silencieusement le battant. Il faisait nuit mais le clair de lune était magnifique. J'entendis des voix, qui disaient…

Je n'entendis plus rien. J'étais de nouveau assise sur la carpette, dans mon pyjama rouge et jaune. J'avais de nouveau perdu Céleste. De colère, je refermai les yeux avec violence, et cette fois…

Ah! je n'étais plus Céleste. Maintenant je la voyais, penchée à sa fenêtre, écoutant les voix qui venaient de la pièce voisine. Son visage reflétait un peu d'anxiété, mais pas de douleur. J'étais persuadée que cette scène se passait *avant*. Avant la mort de Joseph.

La voix la plus forte était celle d'Edmond. Il disait :

— Adrien est enfin revenu. Je l'avais envoyé poster la lettre à la ville, et il lui est arrivé une drôle d'aventure : il s'est fait renverser par une voiture automobile. Ces engins sont terriblement dangereux. Son cheval n'a pas été blessé, malheureusement lui est tombé sur le crâne et il est resté un moment sans connaissance.

— Et la lettre ? demanda avec inquiétude une voix de femme.

— Par le plus curieux des hasards, mon ami Loustelot passait par là et a reconnu Adrien. Il l'a fait mener chez un médecin. Il m'a dit avoir alors découvert une lettre sur le sol, une lettre qui venait d'ici et qu'Adrien avait perdue dans sa chute. Il s'est donc chargé lui-même de la poster.

Je me réveillai au matin avec des bourdonnements affreux dans les oreilles. Le jour s'était levé et le ciel était tout aussi gris qu'avant. Les nuages couraient, poussés par une tempête qui ne désarmait pas. Le ciel du 12 octobre 1916. Il pesait sur moi depuis que j'étais entrée dans cette maison.

« Je ne suis pas Céleste, me dis-je pour essayer de reprendre pied dans la réalité. Son histoire est terrible, mais ce n'est pas la mienne. Pas la mienne ! » Maintenant, je croyais comprendre pourquoi Joseph avait été fusillé : il avait reçu la lettre et il avait déserté, sans doute pour venir ici, pour venir voir Céleste. Seulement il s'était fait prendre.

Quoi qu'en aient dit les bruits qui couraient, si Céleste avait quitté la maison, c'était seule.

Sans doute par refus de continuer à y vivre. En tout cas, c'est ce que j'aurais fait, moi.

Où était-elle allée ? Que lui était-il arrivé par la suite ?

J'en étais là de mes réflexions lorsque je remarquai pour la deuxième fois que, dans mes visions, l'armoire se trouvait toujours face au lit, alors que maintenant elle se dressait à côté. À quelle époque l'avait-on changée de place ?

Intriguée, je m'en approchai. Et soudain, je me rappelai un détail curieux : à chaque extrémité du couloir de l'étage, les chambres étaient doubles. La porte par laquelle on entrait donnait sur une pièce qui, par une porte intermédiaire, donnait elle-même sur une autre. Or, cette chambre était une chambre de bout de couloir, et elle était la seule à ne pas posséder cette caractéristique. S'il y avait eu comme ailleurs une porte ouvrant sur une autre pièce, elle se serait trouvée… là. Là, à l'endroit même où se dressait maintenant l'armoire.

Je demeurai stupéfaite. Se pourrait-il que… ?

Sans plus réfléchir, je m'arc-boutai et poussai de toutes mes forces le lourd meuble de bois pour le faire pivoter sur lui-même.

Derrière, il y avait bien une porte. La 52e.

CHAPITRE XVI

Je n'étais pas bien grande ni bien grosse, et j'arrivai à me faufiler derrière l'armoire. Pleine d'appréhension, j'appuyai sur la poignée de la porte.

Elle s'entrebâilla avec un grincement qu'on qualifie souvent de sinistre, et qui l'était réellement. Cette porte n'avait certainement pas été ouverte depuis des dizaines d'années. L'odeur qui s'en dégageait était fade, indéfinissable.

D'abord, je ne vis rien. Il faisait noir comme dans un four. Contrairement aux autres chambres, elle paraissait ne posséder aucune fenêtre ou, plutôt, la fenêtre en avait été bouchée.

J'essayai d'ouvrir la porte un peu plus grand avant de me risquer dans la pièce. À vrai dire, j'étais terrifiée par l'idée que j'allais peut-être y trouver un squelette. J'avais très peur, très peur qu'en réalité Céleste ne soit pas partie, et qu'elle soit morte dans ce réduit obscur.

Je ravalai ma salive avec difficulté. Non, en 1916, on n'était quand même plus au Moyen Âge, on ne pouvait pas enfermer les filles et les laisser mourir de faim.

La pièce paraissait vide. En tout cas, je n'aperçus aucun cadavre, pas le moindre squelette, et ce fut un soulagement sans bornes. M'habituant à l'obscurité, je m'avançai un peu. C'est alors que la porte claqua d'un coup derrière moi. Un peu effrayée, je cherchai à tâtons la poignée, pour la rouvrir le plus vite possible.

La poignée… Elle était bloquée !

Je poussai un cri affolé et frappai sur la porte de toute la force de mes poings. Et malgré l'espoir fou que je voulais mettre dans ce geste, j'avais la certitude terrible que personne ne pouvait m'entendre.

Je perçus alors un petit bruit derrière moi et tournai la tête avec effroi. Il y avait de la lumière dans la pièce, celle d'une lampe. *LA* lampe. Elle éclairait une table qui se tenait au centre et, à cette table, était assise une jeune fille.

Je respirai avec difficulté. Céleste ! C'était bien Céleste ! Ils avaient osé…

Je restai le dos à la porte, figée, tremblant de faire du bruit. Les morts avaient-ils des sentiments ? J'en étais soudain terrorisée. J'étais enfermée ici, avec une personne qui appartenait à l'autre monde. Mille pensées se télescopaient en moi, et ma certitude la plus évidente était que les morts ne craignaient pas la mort… et pouvaient donc la donner à autrui sans même penser à mal. Et puis, ma seconde pensée fut qu'Albert m'avait envoyée ici pour cet instant précis, pour m'enfermer avec Céleste. Pour, peut-être, que je prenne sa place.

L'affolement me gagna et, de nouveau, je secouai la poignée avec désespoir. Rien ne bougea. Je jetai un regard anxieux derrière moi. Céleste semblait écrire sur un cahier. Elle ne me voyait pas. Elle ne m'entendait pas.

La panique qui m'avait envahie se calma peu à peu, et c'est alors seulement que je remarquai que Céleste était enceinte. Mon regard se posa sur le cahier. La jeune fille cessa d'écrire, leva sa main gauche vers son visage, et je vis à son doigt, à l'annulaire, la bague portant le sceau au cheval cabré. Mais le sceau se trouvait du côté intérieur de la main, si bien qu'on aurait dit qu'elle portait une alliance. Et brusquement, ainsi que cela m'était arrivé à plusieurs reprises, la jeune fille s'évapora.

À la lumière de la lampe, je m'aperçus que le cahier n'était plus ouvert, qu'il ne se trouvait même plus sur la table. Je m'approchai doucement et tirai le tiroir. Le cahier était là. Et, posée dessus, la bague. La lampe s'éteignit alors d'un coup, ou plutôt elle disparut, et la porte au même moment s'entrouvrit. Toutes mes terreurs s'évanouirent. Je savais que la porte n'était pas fermée pour Maïlys, et que la lampe se trouvait désormais au sous-sol, sur la table de la cuisine. Je savais aussi que, sur la photo que maman m'avait montrée dans la voiture, c'est derrière la fenêtre de cette pièce que j'avais distingué une ombre, l'ombre de Céleste. Je me saisis de la bague et du cahier, puis ressortis, refermai la porte, repoussai l'armoire.

Le cahier tremblait un peu dans ma main. Je déposai la bague sur la table de nuit et, assise sur mon lit, je redressai les oreillers pour m'y appuyer. Je crois que je tentais de gagner du temps. J'avais à la fois tellement hâte et tellement peur d'ouvrir ce cahier !

« *Il est mort… Il est mort… Par moments, je pense que suis en train de rêver, que je vais me réveiller de ce cauchemar. Par moments, je me dis que c'est faux, que cette voix que j'ai entendue, que ces signes qui sont venus jusqu'à moi sont purs produits de mon imagination.*

Oh ! Joseph ! Joseph ! j'ai sans cesse envie de crier ton nom.

Je ne sais pas quel jour nous sommes, ni quelle heure. Cela m'est égal. Je sens que le bébé bouge en moi et, à chacun de ses coups de pied, je chuchote le nom de mon aimé, qui est mort sans rien savoir de ce petit qui va naître. Certains jours, je voudrais mourir moi aussi, et je ne sais pourquoi, je sens que ma fin est proche. Je crois que cet enfant, en naissant, me donnera la mort, mais cela ne m'effraie pas. Ma mère, lorsqu'elle m'apporte mon repas, ne me dit presque rien. Bien sûr, elle ne prononce jamais le nom de mon aimé, et je n'arrive pas à savoir comment il est mort. Je sais seulement, au fond de mon cœur, qu'il est mort dans la violence et le désespoir, et cela m'est insupportable. Insupportable.

Mes frères, Louis et Albert, eux aussi m'ont trahie. Louis n'est même pas venu me voir après son retour. Mes parents m'ont dit qu'il avait été gravement blessé, et que pour lui la guerre était finie. Ils m'ont dit aussi qu'il avait eu si honte de moi qu'il avait préféré partir en Angleterre, pour ne pas être mêlé à ça. Moi qui croyais qu'il allait me défendre, qu'il allait tenir tête aux parents!

Attendre un bébé d'un homme qu'on aime, est-ce un crime? Ce qui est un crime, c'est qu'ils m'aient empêchée de l'épouser. "Prêtre défroqué"! Joseph n'était pas prêtre! Il ne l'a jamais été! Quand je pense à tout cela, je me sens des envies de hurler. Ou bien alors je me sens vide et morte.

137

Louis n'a pas pris ma défense, il n'avait pro-
bablement aucune envie de la prendre, et c'est ce
qui me paraît le plus dur. Parfois, je me dis que
peut-être il ne savait pas, que peut-être les parents
lui ont menti, lui ont dit que j'étais partie, ou bien
morte. Est-ce que je peux me raccrocher à cet
espoir ? Ce serait trop optimiste de ma part... »

Non. Je ne pensais pas que ce soit de l'optimisme injustifié. J'étais presque sûre que Louis
avait été expédié en convalescence en Angleterre
sans connaître la vérité sur Céleste. On l'avait
éloigné pour que, justement, il ne s'en mêle pas.
Le ton de sa lettre à Céleste, celle qui n'était
jamais partie, m'en persuadait. Pauvre Céleste !

« Albert, lui, il sait. Il est impossible qu'il ne
sache pas. Bien sûr, il n'a que dix ans, mais à dix
ans, on comprend des choses. Il est trop soumis,
trop incertain pour avoir une opinion, et pourtant
je croyais qu'il avait pour moi de l'affection. Je
suis sa sœur, c'est le plus important. Du moins,
c'est ce que j'imaginais. »

Je le sais, j'en suis sûre, Albert connaissait la
situation de sa sœur. Peut-être pas qu'elle était enceinte (les enfants d'autrefois ne savaient même
pas que les bébés grandissaient dans le ventre
des mères), mais il savait qu'elle était « punie » et

enfermée dans cette pièce. Et il n'a rien fait. C'était pour cela qu'il s'était ensuite senti coupable, c'était pour cela qu'il m'avait envoyée ici. Cela signifiait certainement que sa sœur était morte sans qu'il ait eu le temps de réparer ses torts.

« Louis, Albert, je vous aimais et vous m'avez abandonnée. J'aurais préféré ne jamais avoir de frères. J'aurais voulu ne jamais avoir de frères ! Je vous hais ! Je vous hais ! »

J'arrêtai subitement ma lecture. Moi, Céleste-Maïlys, j'avais eu deux frères… et ils étaient morts à la naissance. Cette découverte me laissa atterrée. Est-ce que, sans le vouloir, je les avais éliminés par la pensée ? Est-ce que Céleste, en moi, pouvait être responsable de ça ? Juste pour me défendre ?

Non, c'était ridicule. Ridicule. Ridicule.

Je me le répétais pour m'en persuader, sans y parvenir. Ensuite, je pris une profonde inspiration pour éliminer cette pensée horrible et m'appliquai à poursuivre ma lecture.

« Je voudrais arrêter le temps, pour pouvoir tout recommencer, confier le billet à quelqu'un d'autre. Empêcher la voiture automobile de passer. Il faut arrêter le temps. Arrêter le temps ! »

Je repensai aux paroles de mon père à propos de la pendule, et il m'apparut clairement que le temps s'était réellement arrêté dans la maison, mais trop tard. Et moi, j'étais ici. Ma venue n'était nullement un hasard, depuis longtemps je n'en doutais plus. Quel rôle devais-je jouer dans cette histoire ? Tous les protagonistes de ce triste épisode étaient morts. Est-ce qu'ils n'étaient pas réunis quelque part là-haut, dans l'au-delà ? Ne pouvaient-ils y régler leurs problèmes ?

À moins que Céleste ne soit un de ces fantômes qui ne peuvent pas trouver le repos...

« *Il faut arrêter le temps. Arrêter le temps !* »

Je respirai avec difficulté. Oui, Albert m'avait attirée ici pour faire quelque chose que sa sœur n'avait pas pu faire, et qui aurait infléchi le cours des événements...

Peut-être. Mais quoi ? Comment arrêter le temps, de manière à empêcher Joseph de mourir, à lui permettre de revenir et d'épouser Céleste ?

Car, je n'en doutais pas, si Céleste attendait un enfant, ses parents auraient préféré la voir mariée à un « défroqué » plutôt que mère célibataire. Dans la honte, il y a des degrés.

Je réfléchissais. C'est vrai qu'il s'en fallait de peu, de trois fois rien... Si l'automobile était passée trente secondes plus tôt ou plus tard, ou si

Adrien avait pu retenir un court instant son cheval, ou s'il n'était pas tombé sur le crâne, si la lettre s'était perdue, si ce Loustelot n'était pas passé par là… S'il avait fait plus mauvais temps, plus beau, si la circulation avait été meilleure, ou pire. Oui, il s'en fallait de presque rien.

Et moi, est-ce que je pouvais vraiment faire quelque chose ?

Si mon rôle était d'empêcher la lettre d'arriver, sur quoi devais-je agir ? Sur l'automobile ? Le cheval ? La météo ? Adrien ? Le service des postes ? La distribution du courrier aux soldats ? La présence de Joseph à cette distribution ? Le déroulement de la guerre ?

Tout cela me paraissait fou. Fou. Au loin, j'entendis la pendule qui sonnait six coups. Allons bon, elle devenait folle elle aussi : il était dix heures du matin, et il fallait que j'aille prendre mon petit déjeuner, si je ne voulais pas que mes parents s'inquiètent.

Je cachai le cahier sous mon oreiller et quittai ma chambre. Un poids insupportable pesait sur mes épaules. Je sentais confusément une menace au-dessus de moi, comme si je savais déjà ce que je devais décider, et que je le refusais.

CHAPITRE XVII

J'avais résolu d'attendre la nuit pour pouvoir me concentrer. Quand le jour baissait, c'était plus facile, car mon œil n'était distrait par rien. Au fond de moi, je connaissais ma décision, mais j'avais l'impression d'avoir donné mon accord à quelque chose dont je ne maîtrisais rien. Je n'étais qu'un instrument. Toutefois je ne me sentais pas vraiment inquiète, juste un peu fébrile : Céleste me guiderait, j'en étais persuadée.

La pluie avait faibli, mais le grand ciel bleu annoncé n'arrivait toujours pas, et mon père passait de la gaieté forcée à la mauvaise humeur caractérisée.

Pour tuer le temps, il avait décidé de repeindre en blanc les murs de la future cuisine, avec un pot de peinture qu'il avait trouvé dans l'écurie (du temps de l'oncle Albert, l'écurie servait de garage et d'atelier de bricolage). Maman s'était aussi armée d'un pinceau et s'attaquait aux portes. Il n'y avait que de la peinture blanche, mais le blanc, c'est propre et gai.

Moi, je faisais l'inventaire des jeux de société entassés dans le bahut du salon lorsque le piano se mit à jouer. Tout seul. Enfin, je veux dire par là que je ne voyais pas Céleste devant.

— Céleste, entendis-je à mon oreille. Céleste, aide-moi !

Puis tout disparut. La pendule tinta de nouveau six fois, et c'est seulement à ce moment que je compris ce qu'elle sonnait : le départ d'Adrien pour la ville, avec la lettre dans sa poche. Il y eut une rafale de vent qui parut chasser les nuages, et le ciel s'éclaircit pour un lever de soleil estival. J'entendis papa qui grognait :

— Non mais c'est pas vrai ! Où est-ce qu'il est, leur beau temps ? Il est trois heures de l'après-midi et, depuis deux jours au moins, il fait soi-disant soleil partout ! Je veux du soleil ! Du soleil, bon sang !

— Ça ne sert à rien de s'énerver, raisonna maman. Le ciel obéit rarement aux ordres.

Alors, comme un zombie, je montai à ma chambre. Je croyais pouvoir ordonner aux choses, attendre le soir, mais les esprits se moquaient de ma volonté propre.

Je poussai l'armoire et je passai dans la petite pièce. La lampe brûlait toujours. Il n'y avait personne.

Dans un coin, j'avisai un vieux lit en fer où, sans doute, Céleste avait dormi durant des semaines, des mois. Je m'y assis, croisai les mains sur mes genoux, et dis :

— Je suis prête.

Je voulais garder un air serein, pourtant de nouveau j'étais terrifiée. Je ne savais pas pourquoi, puisque la décision que j'avais prise — ou plutôt que Céleste avait prise en moi — ne présentait apparemment aucun danger.

Je fermai les yeux. Si je ne connaissais pas l'endroit où Céleste m'envoyait, je savais ce qu'il devait être : un croisement, dans une ville d'autrefois.

Les hommes passaient en veste sombre et canotier de paille, les femmes en longues robes, presque toutes noires. Le ciel était bleu mais il avait dû pleuvoir dans la nuit, car le sol de terre battue était semé de flaques. Le cheval d'Adrien, je le voyais arriver. Ce n'était pas le noir qu'on attelait à la calèche (il n'était plus à l'écurie, il avait dû être réquisitionné), c'était le vieux cheval roux, qui servait aux travaux de force.

Dans l'autre rue, celle qui coupait la principale à angle droit, avançait une voiture comme je n'en avais jamais vu, sauf dans les livres d'Histoire à la rubrique « Les taxis de la Marne ». Elle klaxonna, sans doute pour signaler son arrivée à Adrien. Malheureusement, au lieu de mettre Adrien en garde, le coup de klaxon ne fit qu'effrayer le cheval, qui se cabra brusquement, jetant son cavalier sur le sol.

Adrien tomba. Sa tête cogna contre un caillou, il perdit connaissance. Aussitôt, les badauds l'entourèrent. Je m'approchai rapidement, saisis la lettre qui venait de choir sur le sol et reculai.

C'était fini. Cette maudite lettre, j'avais réussi à l'intercepter. Il ne me restait qu'à la déchirer en petits morceaux, ou à la brûler.

Je la serrais convulsivement dans ma main, et soudain… soudain je sus d'où venaient les angoisses terribles qui m'avaient assaillie. Je réalisais enfin…

J'avais longuement analysé mon rôle pour comprendre ce qui me gênait, sans jamais rien trouver à y redire, car l'acte lui-même était simple : je récupérais la lettre, je la détruisais, et Joseph revenait, dans un temps qui n'était pas le mien. Un lointain passé qui ne me concernait pas. Mais voilà que me frappait comme un coup de poing la vérité qui dormait tapie au fond de moi : si Joseph revenait pour épouser Céleste, Louis ne serait pas envoyé en Angleterre.

Si Louis ne partait pas, il ne rencontrerait pas cette Anglaise qui était devenue sa femme, mon arrière-grand-mère. S'il ne rencontrait pas mon arrière grand-mère, je ne pourrais pas naître.

Une sueur froide me glaça le dos.

Je restai là, pétrifiée, la main toute crispée sur cette lettre affreuse. Le désespoir m'envahit, un désespoir profond, terrifiant. Mes dents claquaient, mes yeux s'embuèrent. Je les essuyai vite et tentai de me calmer. Ne pas naître, était-ce si terrible ? Mon cœur hurlait que oui, et ma raison disait que non : je ne me rendrais compte de rien. Je ne SERAIS pas, c'est tout. Je n'aurais pas de terreurs, je n'aurais pas de joies non plus, je ne serais pas un peu trop petite, ni un peu trop maigre, je n'existerais pas. Je n'aurais jamais existé et n'existerais jamais. Mais Céleste, elle, cesserait d'errer en traînant une brûlure atroce au cœur, une brûlure qui ne se fermait jamais et qui la retenait prisonnière dans un monde qui n'était pas fait pour elle.

Je rouvris les yeux. La lettre était là, entre mes doigts. Il fallait que j'aille jusqu'au bout. Il ne fallait plus penser. Je la saisis à deux mains pour la déchirer. C'est alors qu'il y eut comme un coup de vent. La lettre s'arracha de mes doigts et vola vers la rue. Ahurie, je la regardai filer.

Elle s'abattit aux pieds d'un homme âgé. Mes oreilles se mirent à sonner. J'entendis autour de moi des mots.

— Regardez, monsieur Loustelot, il y a une lettre par terre !

— Tiens, elle vient de la maison Jarnois. Adrien allait sans doute la poster. Et le courrier qui va bientôt partir… ! Je vais aller la déposer moi-même à la poste pour qu'elle ne prenne pas de retard. Le courrier de nos braves soldats, c'est sacré !

J'étais de nouveau assise sur le petit lit en fer, dans la chambre secrète. Mes mains tremblaient encore. La lampe s'éteignit toute seule. J'étais malheureuse, terriblement malheureuse. Comment avais-je pu lâcher cette lettre ? Était-ce à cause de mon hésitation à la déchirer que mes doigts, malgré eux, s'étaient ouverts ? J'essayais de me souvenir. J'avais honte. C'est alors que je perçus comme un bourdonnement dans mes oreilles, puis une voix, celle de Céleste. Elle soufflait :

— Excuse-moi. Excuse-moi.

Et une sorte de courant d'air balaya la pièce, le même souffle que celui qui m'avait arraché la lettre des mains.

Mon regard hésitant tenta de percer l'obscurité. Je ne voyais personne. Est-ce que j'avais rêvé ?

— Excuse-moi, ma petite, chuchota de nouveau la voix, je n'avais pas le droit. Pardonne mon égoïsme affreux. C'est à ton tour de vivre. Tu étais prête à te sacrifier pour moi, j'en suis horrifiée. Horrifiée d'avoir pensé que tu devais le faire. C'est toi qui dois vivre, je m'en suis rendu compte à temps. Jamais je n'oublierai ton geste. Merci. Merci.

Je n'entendis plus rien. Par la porte entra une lumière vive.

Je me levai doucement et jetai un regard incertain autour de moi. Tout était calme, la lampe avait disparu.

Je passai mes mains sur mon visage. Il n'y avait plus un bruit. Je sortis lentement, fermai la porte et repoussai l'armoire. Le soleil inondait la chambre.

— Maïlys ! cria une voix dans le couloir. Maïlys !

On frappa à ma porte, puis mon père entra :

— Tu as vu le temps qu'il fait ? s'exclama-t-il avec une gaieté qui m'émut. En quelques minutes… C'est incroyable. Viens, ne reste pas enfermée, il faut en profiter !

Il s'arrêta subitement, me regarda, puis s'exclama :

— Oh ! Ma puce, tu ne te sens pas bien !

— Si… si, fis-je en m'essayant à un sourire décontracté.

Et mes yeux tombèrent sur un objet, là, appuyé au mur. Une longue tige de métal, terminée par un gros rond qui luisait dans le soleil.

— Regarde ce que j'ai trouvé, dis-je en le désignant.

— Ça alors ! Le balancier de la pendule ! C'est formidable, on va le raccrocher tout de suite. Enfin, cette maison va se réveiller !

Mon père était descendu en courant. Il était excité comme un gosse, et je l'entendis lancer à maman depuis l'escalier que « le temps était de nouveau avec nous ».

Encore sous le choc, je regardai dehors. Le parc était envahi par les broussailles et, pourtant, là-bas, au milieu du bosquet, j'avais bien l'impression de discerner une pierre. Elle n'était pas plus grosse qu'une balle, plantée en terre comme un menhir. Je savais qu'objectivement mes yeux ne pouvaient pas la distinguer, elle était trop lointaine, trop discrète, perdue dans un fouillis de buissons sauvages. Un sourire me vint aux lèvres. Céleste était là-bas, sous la pierre, depuis longtemps, mais pour la première fois elle avait trouvé le repos.

Sur la table de nuit, la bague semblait luire faiblement. Je la saisis entre mes doigts et la glissai à mon annulaire. Elle m'allait parfaitement. C'est alors que mon regard revint vers la tombe ; mon front se plissa. Elle était là-bas, Céleste, mais le bébé… Il n'y était pas. Le bébé n'était pas mort avec elle. Le bébé vivait… Il avait vécu.

René ! C'était René ! L'enfant si tardif d'Edmond et de Victoire Jarnois. Né en 1917. Il était en réalité le fils de Céleste !

Lorsque je descendis, papa parlait déjà d'électricité et de téléphone, et de pain frais et de fromage blanc aux petits raisins.

Maman avait un air à la fois très heureux et un peu angoissé. Elle me dit :

— Ah ! ma chérie. Tu as vu, toutes les bonnes nouvelles arrivent en même temps.

— Tu veux dire : le soleil et le balancier de la pendule ?

— Pas seulement. Enfin… je voudrais tant que ce soit une bonne nouvelle… Je crois que j'attends un bébé.

Et elle faillit se mettre à pleurer.

Moi, je bondis de joie :

— Eh bien, maman, il n'y a pas de quoi pleurer !

— J'ai peur que ce ne soit un garçon, et que… comme…

Elle ne pouvait plus continuer. Alors je mis mes poings sur les hanches, et je dis d'un ton sans réplique :

— D'abord, ça va être une fille, et ensuite, même si c'était un garçon, il vivrait.

— Eh bien dis donc ! s'exclama papa, tu parais vraiment sûre de toi !

— Si tu pouvais dire vrai, ma chérie, murmura maman, la gorge nouée.

Je les regardai à tour de rôle en souriant, et puis j'affirmai :

— Je dis vrai. Avez-vous oublié que je suis médium ?

Et nous éclatâmes de rire.

Le carnet — dont il est cité quelques extraits — est celui de Sylvestre Martini, du 173ᵉ Régiment d'Infanterie, grièvement blessé à Verdun le 24 mai 1916.

Si tu as aimé ce roman
de Évelyne Brisou-Pellen,
tourne vite la page
et découvre un extrait de

Himalaya

Ce jour-là, je m'en souviendrai toute ma vie. J'étais dans le champ d'orge qui teintait de jaune notre petite vallée, quand la caravane fit son apparition. Je fus le premier à la repérer. C'est la poussière qui avait d'abord attiré mon regard, un immense nuage dévalant la pente de la montagne. Ensuite, je perçus le grondement sourd des sabots de nos yaks. Alors je me mis à courir sur le sentier escarpé qui montait au village en criant :

— La caravane ! La caravane !

Aussitôt, des silhouettes en alerte se découpèrent sur les toits, au milieu des tas de bois qui transformaient nos terrasses en nids d'aigle. De toutes les maisons de pierre accrochées sur la hauteur jaillirent des femmes, des enfants, des vieillards, une foule qui se déversa le long des ruelles étroites dans un joyeux brouhaha. En un instant, robes rouges et chemises claires furent regroupées au bas du village, à l'extrémité de la piste par laquelle ils allaient arriver, eux, les hommes. Car aujourd'hui ils revenaient. Avec nos troupeaux de yaks. Avec le sel qu'ils étaient allés chercher très loin, par-delà les cimes enneigées qui barraient notre horizon, dans un pays nommé Tibet.

Le chemin était long et difficile, et la secrète inquiétude qui régnait au village tant que la caravane n'était pas de retour, ne pouvait s'estomper qu'au moment où chacun avait reconnu au loin la démarche de son fils, de son mari, de son frère.

Moi, c'était mon père que j'attendais, et j'avais beau me hausser sur la pointe des pieds et plisser les yeux, je ne le trouvais pas. Pourtant, mon père était grand et fort, il était le chef de la caravane, et il se tenait toujours aux côtés du yak de tête.

Le yak était bien là, ce grand mâle blanc qui faisait la fierté de ma famille, mais il ne menait pas la caravane. Celui qui allait devant était brun, avec une tache couleur de neige sur le front. Et auprès de lui, c'est Karma qui marchait. Je vis mon grand-père Tinlé froncer les sourcils.

Lentement, les yaks passèrent le maigre torrent qui coulait au creux de notre vallée. Au moment où ils commençaient à remonter vers nous, ma mère me saisit la main et la serra à me faire mal. Enfin elle la lâcha brusquement et, fendant la foule soudain silencieuse, se mit à courir vers le yak brun. Je m'aperçus alors que celui-ci, au lieu des traditionnels sacs de sel, portait en travers de son dos le corps inanimé d'un homme. Le corps de Lhapka. Mon père.

C'est ainsi que ce beau jour devint un triste jour. Il y eut des gémissements et des pleurs, et des cris, je ne me souviens plus bien. Moi, je ne parvenais ni à crier, ni à gémir, ni à pleurer. Je restais immobile au bord de la piste, sans pouvoir m'approcher. Je ne quittais pas des yeux le visage impénétrable de mon grand-père — sa petite barbe taillée en pointe, l'écharpe rouge qui s'enroulait autour de son bonnet — cependant que Karma lui expliquait le grand malheur : son fils Lhapka, chef de la caravane, avait voulu essayer un nouveau chemin et avait eu un accident.

Tout comme moi, mon grand-père semblait incapable de prononcer une parole, mais je crois que ce n'était pas pour les mêmes raisons. Tandis que j'avais encore du mal à comprendre ce qu'était vraiment la mort, lui le savait. Et il savait aussi qu'on ne peut rien contre elle.

Un long moment, il demeura figé, le menton raidi, puis il sortit son poignard de sa ceinture et le planta dans un des sacs.

— Ce sel est plein de terre, grogna-t-il en plongeant sa main dans les cristaux blancs.

Et, sans bien arriver à m'expliquer pourquoi, je sentis qu'il y avait tout dans ces quelques mots. Toute sa peine, toute l'immensité du monde, toute l'impuissance des hommes.

— Qu'est-ce que vous attendez ? s'écria-t-il enfin. Dépêchez-vous de décharger le sel !

Ce qui se passa ensuite, il ne m'en reste que quelques bribes. Il y avait les visiteurs, qui pénétraient silencieusement dans notre maison, les femmes portant leur bébé dans leur dos. Il y avait la cloche, qui ponctuait de son tintement cristallin le battement rythmé du tambour, les lampes à beurre qui grésillaient, le parfum de l'encens, si intimement mêlé au bourdonnement sans fin des prières qu'il semblait en constituer l'odeur même. Des offrandes étaient déposées devant les statuettes protectrices qui, dans leurs petites niches, luisaient faiblement à la lueur vacillante des flammes.

Ma grand-mère semblait s'être encore tassée. Enveloppée dans son kamlo — cette couverture rayée qui ne quittait jamais ses épaules et qu'elle avait attachée sur sa poitrine par son plus beau fermoir d'argent —, elle ne disait rien. Elle essuyait seulement de temps en temps les larmes qui ruisselaient sur son visage brûlé par le soleil, et où les rides dessinaient de longues crevasses.

Moi, je n'arrivais toujours pas à pleurer. Je savais que ce qui venait de se passer était un cataclysme dans ma vie, mais il y avait eu tant de mouvement dans la maison, tant d'allées et venues, tant de prières, que j'en étais comme saoulé, excité, incapable de me représenter vraiment la situation…

Composition : Francisco *Compo*
61290 Longny-au-Perche

Impréssion réalisée sur Presse Offset par

BRODARD & TAUPIN

GROUPE CPI

La Flèche (Sarthe), le 11-08-2004
N° d'impression : 25075

Dépôt légal : mars 2000

Suite du premier tirage : août 2004

Imprimé en France

 12, avenue d'Italie • 75627 PARIS Cedex 13

Tél. : 01.44.16.05.00